150 interaktive 5-Minuten Diktate

Rechtschreibung verbessern mit abwechslungsreichen Diktaten

(inklusive Audiodateien zum Vorlesen lassen)

Inhalt

Vorwort

Jeder kennt Diktate wohl aus seiner eigenen Schulzeit und verbindet ganz persönliche Erfahrungen damit. Zwar werden heutzutage Diktate als Übungsform immer noch praktiziert, sind aber umstritten. Es scheint die Annahme zu überwiegen, dass Diktate zu wenig zum Nachdenken und zur Eigeninitiative der Schüler anregen würden und sind deswegen fast schon verpönt. Befürworter von Diktaten halten dagegen, dass Diktate in Form von klassischen Spielen, wie Laufdiktaten oder Partner-Diktaten nicht nur unterhaltsam sind, sondern sich vor allem zur Überprüfung von zuvor einstudierten Rechtschreibregeln hervorragend eignen.

Ganz gleich wie man nun persönlich zu Diktaten stehen mag, feststeht wohl, dass sie im Arbeitsumfeld, aber auch im alltäglichen Leben immer wieder gefordert werden und daher wohl auch nicht ganz aus dem Schulleben zu verbannen sind. Feststeht jedoch auch, dass sich Diktate, insbesondere dann, wenn sie in den unteren Jahrgangsstufen praktiziert werden, immer nur auf ein Rechtschreib-Phänomen konzentrieren sollten. Ansonsten wären die Schüler nicht nur schnell überfordert, sondern auch frustriert und das Diktat an sich wäre kontraproduktiv.

Das folgende Werk erläutert, wie sich Diktate nicht nur in der Schule, sondern auch als Übungsform zu Hause effizient einsetzen lassen. Die in dem Buch enthaltenen 150 Diktate mit einem Umfang von jeweils 60 bis 100 Wörtern richten sich dabei an alle Eltern, Lehrer und Schüler der 3. und 4. Jahrgangsstufe. In spannenden und teilweise auch lustigen

Kurzdiktaten gilt es jeweils ein Rechtschreibproblem der deutschen Sprache näher zu beleuchten. Für alle aufgeweckten Kinder, die zum Rechtschreibprofi werden und dabei noch gut unterhalten werden wollen, ist dieses Werk perfekt geeignet. Worauf warten wir also noch? Es wird Zeit, sich auf eine abenteuerlustige Expedition rund um die Tücken der deutschen Sprache einzulassen!

Alles, was man über Diktate wissen sollte

Diktate ziehen sich durch die gesamte Schulzeit und selbst im späteren Arbeitsleben werden sie zum Beispiel in Form von kurzen Notizen immer noch verlangt. Dabei sind Diktate bei vielen Schülern überaus unbeliebt. Das liegt nicht nur daran, dass man durch Diktate ziemlich schnell feststellen kann, wie gut jemand die Rechtschreibung beherrscht, sondern auch wie es um das Hörverstehen und die Konzentrationsfähigkeit bestellt ist. Um Diktaten ihren Schrecken zu nehmen, empfiehlt es sich daher, den Schülern bei der Rechtschreibung geduldig unter die Arme zu greifen. Folgende Tipps können dabei für Eltern hilfreich sein, um ihren Kindern bei der Verbesserung ihrer Rechtschreibung zu unterstützen:

Tipps und Tricks beim Üben

Tipp 1: Fehler in den Fokus nehmen

Jedes Kind lernt Rechtschreiben in seinem ganz eigenen Tempo. Geduld und Ausdauer sind hierbei also ganz wichtig. Ebenso sollte dem Kind vermittelt werden, dass auch Fehler zum Lernen dazugehören und ganz natürlich sind. Anstatt Fehler also als Unfähigkeit zu betrachten, sollten sie ganz genau in den Fokus genommen werden. Denn aus Fehlern lernt man bekanntlich! Stecken hinter den Fehlern ein Muster, das sich durch eine einfache Rechtschreibregel durchbrechen lässt oder können die Fehler zukünftig durch Üben vermieden werden?

Zur Fehleranalyse eignen sich übrigens sogenannte Fehlerlisten oder Fehlerkarteien hervorragend. In die Fehlerliste kommen alle falsch geschriebenen Wörter. Die Stelle, an der der Fehler gemacht wurde, wird dabei farbig markiert. Anschließend wird festgelegt, ob es sich um ein Mitsprech-, ein Nachdenk-, bzw. ein Merkwort handelt, um sich den Begriff in Zukunft leichter einzuprägen. Handelt es sich um ein besonders langes Wort, kann es auch in die entsprechenden Silben zerlegt werden.

Tipp 2: Buchstaben oder Buchstabenkombinationen verändern den Sinn von Wörtern

Insbesondere Kinder, die noch viele Probleme mit der Rechtschreibung haben, werden irgendwann behaupten, dass Rechtschreibung gar nicht so wichtig sei, da man ja erkennen würde, welches Wort gemeint ist. Das stimmt natürlich nicht! Denn zum einen ist es nicht nur sehr mühsam, einen Text mit vielen Rechtschreibfehlern zu lesen. Zum anderen lässt sich manches Mal auch gar nicht erst feststellen, welches Wort gemeint ist. Das ist zum Beispiel immer dann der Fall, wenn Wörter sehr ähnlich klingen. „Mal“ bedeutet „einmal“, während „Mahl“ soviel wie „Essen“ heißt. Kinder sollten daher schon früh begreifen, dass es für jedes Wort nur eine richtige Schreibweise gibt.

Tipp 3: Gut zuhören

Neben der Verinnerlichung von Rechtschreibregeln hilft auch das richtige Hören der Begriffe, um Fehler zu vermeiden. Die Schreibweise von einigen Ausdrücken, den sogenannten Mitsprechwörtern, lässt sich nämlich oftmals durch einfaches Mitsprechen herausfinden.

Tipp 4: Üben, üben, üben

Da bekanntlich noch kein Meister vom Himmel gefallen ist, gilt es auch die Rechtschreibung regelmäßig zu trainieren. Hierbei spielt auch das Lesen eine große Rolle, da sich hierdurch besonders schwierige Begriffe leichter einprägen lassen.

Doch auch das Lernen in Gesellschaft macht meistens mehr Spaß. Da Kinder nicht immer unbedingt von den Eltern unterrichtet werden wollen, empfiehlt es sich, ein anderes Kind zu suchen, das ähnliche Probleme mit der Rechtschreibung hat. Im Partnerdiktat können sich die Kinder den jeweiligen Text gegenseitig diktieren und anschließend gegenseitig die Fehler korrigieren. Die gegenseitige Fehlersuche ist deswegen eine ideale Übungsform, da man oftmals die eigenen Rechtschreibfehler gar nicht bemerkt, dafür aber die einer anderen Person auf den ersten Blick erkennt.

Natürlich lassen sich Diktate auch prima von den Eltern diktieren. Wollen Eltern ihre Kinder für ein Diktat in der Schule vorbereiten, sollte dabei zunächst einmal der Text des Diktats zusammen angesehen werden. In einem Kind-Eltern-Team kann dann darüber beratschlagt werden, welche Wörter besonders schwierig sind und wie man sich diese am besten einprägen kann.

Beim Diktat an sich sollten Eltern dabei Folgendes beachten:

1. Der Text sollte einmal im Ganzen vorgelesen werden, um zu verstehen, worum es überhaupt geht.

2. Ein Satz sollte nicht Wort für Wort diktiert werden, sondern immer der ganze Satz, sofern dieser nicht zu lang ist. Muss ein langer Satz getrennt werden, sollte unbedingt darauf geachtet werden, dass feste Wortverbindungen zusammenbleiben.

3. Beim erneuten Vorlesen des Textes sollten diese unsicheren Stellen des Textes von dem Kind noch einmal ganz genau unter die Lupe genommen werden.

4. Eltern sollten beim Diktat darauf achten, die Wörter möglichst neutral auszusprechen und darauf zu verzichten dem Kind, etwa durch eine besonders starke Betonung von Doppelkonsonanten unbewusst Hinweise auf die richtige Rechtschreibung zu geben.

5. Nach dem ersten Diktat sollte dem Kind etwas Zeit gelassen werden, um den Text noch einmal anzuschauen und eventuell einige unsichere Stellen zu markieren.

6. Wichtig beim Üben ist auch der Faktor Zeit. Das Diktat sollte über mehrere Tage trainiert werden, anstatt nur einmal intensiv. Auf diese Weise hat das Kind Zeit, über die Fehler vom Vortag intensiv zu reflektieren und diese in Zukunft zu vermeiden, indem häufige Fehlerwörter zum Beispiel in eine Lernkartei aufgenommen werden.

Spielerisch Diktate üben

Mit den folgenden Diktate-Typen können die Diktate auch auf spielerische Weise durchgeführt werden. Folgend sind acht unterschiedliche Diktat-Typen aufgeführt. Der Kreativität sind jedoch keine Grenzen gesetzt.

8 Diktattypen

1. Abschreibdiktat

Dies ist wohl die einfachste Form des Diktates. Ihr Kind schreibt das Diktat ab und prägt sich somit die Wörter bereits unterbewusst ein. Im Anschluss kann der Lernfortschritt durch erneutes Diktieren des Textes überprüft werden.

2. Partnerdiktat

Hier werden Text oder einzelne Lernwörter von zwei oder mehr Kindern abwechselnd gegenseitig diktiert. So schreibt beispielsweise ein Kind nur jeweils jeden 2. Satz selber, den anderen diktiert es. Am Ende des Diktats werden die Hefte getauscht und korrigiert. Der Vorteil des Partnerdiktats ist es, dass die Wörter mehrmals gelesen, gehört, gesprochen und geschrieben werden. Es handelt sich also um eine Lese- und Schreibübung und das Kind übt ebenfalls das deutliche Sprechen.

3. Laufdiktat

Der Diktattext wird in einem anderen Zimmer deponiert. Das Kind läuft zum Text und liest ihn komplett. Es prägt sich der Reihe nach einige Wörter oder einen ganzen Satz ein, läuft an seinen Tisch zurück und schreibt die Textmenge auf. Dann läuft es wieder los, um den nächsten Absatz zu lesen. Der Vorteil dieser Diktatform ist, dass größere Abschreibeinheiten abgefragt werden, das Gedächtnis trainiert und eine motorische Entlastung geschaffen wird. Das ist besonders für unruhige Kinder von Vorteil. Jedes Kind bestimmt sein Schreibtempo selbst.

4. Dosendiktat

Der Diktattext wird aufgeschrieben und dann vom Kind in Zeilenstreifen zerschnitten. Dabei muss der Zeilenumfang die Speichermenge berücksichtigen, die ein Kind sich auswendig merken kann. Hierbei sind kurze Sätze oder drei bis fünf Wörter leistbar. Das Kind liest nun den ersten Streifen, steckt ihn in eine Dose, und schreibt die Wortmenge dann in sein Heft. Dann nimmt es den nächsten Streifen und verfährt so weiter, bis es alles aufgeschrieben hat. Zur Kontrolle werden die Streifen aus der Dose genommen. Diese Diktatmethode ist abwechslungsreich und macht den Kindern Spaß, weil sie selber etwas zerschneiden und wegstecken können.

5. Fragediktat

Aus einem Diktattext werden die Stellen ausgewählt, die Ihrem Kind besonders schwer fallen. Stellen Sie dazu nun Fragen, die Ihr Kind jeweils mit einer Begründung beantworten soll. Das sieht dann wie im folgenden Beispiel aus: Warum wird das Wort Schifffahrt mit 3-f geschrieben?

Beispielantwort: Weil hier zwei Nomen zusammengesetzt werden. Das Diktat eignet sich besonders zum Üben von schwierigen Rechtschreibungen und Stolperstellen. Es spricht Kinder an, die sehr kommunikativ sind und gerne über ihre Aufgaben sprechen.

6. Würfeldiktat

Schreiben Sie in eine Tabelle zu den Ziffern 1 bis 6 jeweils vier Wörter, die Ihr Kind lernen muss. Ihr Kind beginnt nun zu würfeln. Würfelt es eine 4, so schreibt es das 4. Wort aus der ersten Spalte. Jetzt würfelt es erneut, vielleicht eine 5, und schreibt das Wort aus Zeile 5 aus der ersten Spalte. Würfelt es wieder eine 4, dann muss es ein Wort aus Zeile 4, Spalte 2 nehmen. Ihr Kind würfelt so lange, bis es alle Ziffern einmal erwürfelt hat. So schreibt es möglicherweise nur ein Wort aus Zeile 6, weil es nur einmal eine 6 gewürfelt hat, aus Zeile 4 aber 3 Wörter, weil es dreimal eine 4 gewürfelt hat.

Beispiel:

Augenanzahl	Erstes Mal Würfeln	Zweites Mal Würfeln	Drittes Mal Würfeln	Viertes Mal Würfeln
1	Draht	Fahrrad	Pferd	Wald
2	Fee	Beeren	Schnee	Haar
3	Kekse	Zucker	glatt	Katze
4	ein	Kleider	Eitelkeit	sein
5	Blätter	färben	durchschütteln	Matratze
6	Hummer	Kummer	immer	nimmer

7. Lückendiktat

Bei einem Lückendiktat bekommt das Kind einen Text mit Lücken. Die Wörter aus den Lücken werden einzeln vorher geübt und decken in der Regel eine Rechtschreibbesonderheit ab, z.B. das Dehnungs-h. Die fehlenden Lückenwörter stehen in einem Wortfeld, auf das Ihr Kind ebenfalls Zugriff hat. Zunächst versucht Ihr Kind die Lücken im Diktat zu füllen, ohne das Wortfeld zu nutzen. Kommt es nicht weiter, darf es das Wortfeld benutzen. Das Lückendiktat wird so oft geschrieben, bis Ihr Kind alle Wörter ohne Hilfe richtig schreiben kann.

8. Blitzdiktat

Bei einem Blitzdiktat bekommt Ihr Kind einen kurzen Text, den es sorgfältig lesen und durcharbeiten soll. Hier kann es die schwierigen Wörter unterstreichen und sich die Zeichensetzung oder die Groß- und Kleinschreibung einprägen. Anschließend wird das Blitzdiktat diktiert. Es sollte nicht länger als fünf Minuten dauern. Ziel ist es, dass Ihr Kind keine Fehler mehr macht.

Quelle: https://reimann-hoehn.de/schreibtipps/10-diktatformen-von-klasse-2-bis-klasse-6/

150 Diktate zum Üben

Folgend finden sich 150 Diktate, die den Umfang von 60 bis 100 Wörtern besitzen und somit perfekt für Kinder in der 3. bis 4. Klasse geeignet sind. Durch die nebenstehenden QR-Codes kann sich der Diktiertext jeweils vorgelesen lassen werden. Dabei werden die Schreibgeschwindigkeit, benötigte Wiederholungen und Form der Betonung bereits beachtet. Diese Funktion des Sich-Vorlesen-Lassens eignet sich hervorragend, wenn Ihr Kind selbstständig üben möchte oder man wenig Zeit hat.

Anwendung der QR-Codes

1. Öffnen Sie die Kamera des Smartphones und halten Sie dieses über den QR-Code. Bei älteren Handys muss gegebenenfalls eine extra App installiert werden, die QR-Codes lesen kann. Oder geben Sie den Link unter dem QR-Code in den Internet-Browser ein.

2. Der QR-Code öffnet den entsprechenden Link.

3. Es erscheint die Sprachdatei, die automatisch abgespielt wird.

4. Pausen, Zurückspulen oder Wiederholungen sind ebenfalls möglich.

Anregungen, Änderungswünsche oder Korrekturen bitte an:

merriwell-design@outlook.de

Dehnung: a, aa oder ah

1. Das schwarze Fahrrad

Fabio **kam** aus dem Haus **gerannt**. Um ein **Haar** wäre er über das schwarze **Fahrrad** gefallen. Das war gestern Abend noch nicht **da**. Die Räder des Fahrrads waren **oval**. Damit **fahren** konnte **man** bestimmt nicht mehr. Fabio **nahm** es hoch und sah es sich genauer an. Die ovalen Räder waren mit schwarzem **Draht** befestigt. Seltsam, dachte Fabio und **fantasierte**, wem das Fahrrad wohl gehörte. Da kam eine Frau mit schwarzen Haaren. Sie bedankte sich bei Fabio. Als sie auf dem Fahrrad **saß**, waren die Räder plötzlich rund.

(90 Wörter)

2. Der krähende Hahn

Sofia lebte erst seit ein **paar** Tagen auf dem Land. Vorher hatte sie in der **Stadt** gewohnt. Ihr neues Haus mochte sie sehr. Doch das Krähen des **Hahnes** mochte sie **gar** nicht. Jeden Morgen **schrak** er sie aus ihrem tiefen **Schlaf** auf. Selbst in den Sommerferien, war sie schon beim ersten **Sonnenstrahl** hellwach. Daran musste sich dringend etwas ändern. Zusammen mit ihrem Papa baute sie dem **Hahn** einen **Stall**. Da es hierin erst später heller wurde, krähte der **Hahn** auch erst später. Doch bei der ersten Gelegenheit flog der **Hahn** davon. Zähmen **lassen** wollte er sich nicht.

(100 Wörter)

3. Die Fahrt mit der Bahn

Zweimal im **Schuljahr unternahm** die Klasse einen Ausflug. Dieses **Mal** sollte es ins Schokoladen-Museum gehen. Um dorthin zu gelangen, fuhren die Schüler mit der **Bahn**. Ein **paar** Schüler waren noch nie Bahn **gefahren**. Besonders interessant waren für sie die **Fahrgäste**. Wer **waren** sie wohl und wo wollten sie hin? Während sie rätselten, entdeckte ein Junge ein **Plakat** an der **Wand**. Darauf war ein **Mann** zur **Fahndung** ausgeschrieben. Aufgeregt **sah** sich der Junge in der Bahn um. **Saß** der Mann auf dem **Plakat** nicht **da** ganz hinten?

(91 Wörter)

4. Die seltsame Fabrik

In der Stadt hatte eine neue **Fabrik** geöffnet. An der Tür der Fabrik hing eine **seltsame Fahne**, die jeden **Tag** ihr Aussehen änderte. Keiner wusste, was dort fabriziert wurde. Deswegen fuhren ein **paar** Kinder mit ihrem **Fahrrad** zur Fabrik. Sie **sahen** sich die **Fahne** ganz genau an. Dabei entdeckte ein Junge einen losen **Faden**. Ein Mädchen zog **daran**. Doch der Faden war **gar** nicht lose. Sobald man ihn berührte, änderte die Fahne ihre **Farbe**. Das **war** tatsächlich eine seltsame **Fabrik**.

(83 Wörter)

5. Die Wahl zur Klassensprecherin

An der **Tafel standen** die drei **Namen** der **Kandidatinnen** zur Klassensprecherin. Die Lehrerin **las** sie laut vor der **Klasse** vor: Pia, Mia und Lia. Dann ließ sie die **Wahlzettel** von einem Schüler einsammeln. Peter sagte der Lehrerin, welcher **Name** auf dem Zettel stand. Doch Peter konnte die **Namen** nicht **klar** entziffern. **Mal** war nicht zu erkennen, ob da ein P, ein M oder ein L stand. Deswegen gewannen die drei Kandidatinnen die **Wahl** zur Klassensprecherin mit der gleichen **Anzahl** von Stimmen.

https://bit.ly/3iicdzu

(85 Wörter)

Doppelvokal: aa, ee oder oo

6. Das Haar in der Suppe

Die **Armee** war nach dem langen Marsch hungrig. Schnell füllte das **Heer** die **leerc** Kantine. Die Schüsseln standen schon auf dem Tisch. Dann kam auch der Koch mit der Suppe. Jeder Soldat erhielt genau eine Kelle. Als Hermann gerade seine Suppe essen wollte, entdeckte er ein langes schwarzes **Haar**. Da sein Nachbar gerade nicht guckte, tauschte er schnell die Schüsseln aus.

(66 Wörter)

7. Der Schneemann

Emma findet den Winter **doof**. Da ist es immer so kalt. Nur den **Schnee** mag sie. Dann geht sie nach draußen und baut einen **Schneemann**. Ihr **Schneemann** hat einen dicken Bauch und einen runden Kopf. Zwei Kohlestücke dienen ihm als Augen und eine Karotte als Nase. Um seinen Hals bindet sie ihm einen bunten Schal, damit er nicht friert. Doch der **Schneemann** sieht irgendwie durstig aus. Da hat Emma eine **Idee**. Sie bringt ihm eine Tasse heißen **Tee**.

(80 Wörter)

8. Der Feenstaub

Klara hat ein neues **Shampoo**. Es heißt Feenstaub. Ihre Mutter hat ihr damit gestern Abend die **Haare** gewaschen. Doch in der Nacht hat sie gar nicht gut geschlafen. Es war, als ob ihr eine **Fee** etwas ins Ohr flüstert. Die **Fee** wollte unbedingt ein paar saftige **Beeren**. Denn sie war sehr hungrig. Da musste Klara aufstehen und aus der Küche **Beeren** holen. Da sie die **Fee** jedoch nicht sehen konnte, schmierte sie sich die **Beeren** in die **Haare**. Als ihre Mama am Morgen ihre schmutzigen **Haare** sah, wurde sie ganz böse.

(93 Wörter)

9. Kalter Kaffee

Maltes Oma bereitet jeden Tag um vier Uhr **Kaffee** zu. Dazu deckt sie den Tisch mit einem Teller und einer Tasse. Doch bevor sie den **Kaffee** in ihre Tasse schenkt, wartet sie, bis der **Kaffee** kalt ist. Kalter **Kaffee** schmeckt der Oma nämlich am liebsten. Zum **Kaffee** gibt es Bonbons aus **Gelee**. Doch bevor die Oma diese auf ihren Teller legt, wiegt sie die Bonbons auf einer **Waage** ab. Es müssen immer genau hundert Gramm sein. Die Oma hat Malte nie verraten, warum sie dieses Ritual hat.

(89 Wörter)

10. Das leere Meer

Im Sommer fährt Paul immer mit seinen Eltern ans **Meer**. Dort mietet sich der Vater ein **Boot**. Zusammen fahren sie auf den **See** und angeln den ganzen Tag. Pauls Mama mag nicht mit dem **Boot** fahren. Ihr wird da immer schlecht. Sie liegt viel lieber am **Pool**. Aber abends fragt Paul seine Eltern, wieso das **Meer** nicht **leer** wird? So wie sie angeln bestimmt viele Leute den ganzen Tag, aber die Fische werden nicht weniger.

https://bit.ly/2Vth1ZI

(77 Wörter)

Doppelvokale: ai, ei

11. *Des Kaisers neue Kleider*

„Des Kaisers neue **Kleider**“ ist **ein** Märchen von Hans Christian Andersen. Es handelt von einem **Kaiser**. Dieser lässt sich von **zwei** Gaunern für viel Geld neue **Kleider** nähen. Es **seien** ganz besondere **Kleider**. Sie können nur von denen gesehen werden, die nicht dumm **seien**. Doch auch der **Kaiser** kann die **Kleider** nicht sehen. Das will er aus **Eitelkeit** jedoch nicht zugeben. Schließlich sagt **ein** Kind, dass der **Kaiser** nackt ist und der Schwindel fliegt auf.

https://bit.ly/3fmZTMj

(79 Wörter)

12. *Alles neu macht der Mai*

Jedes Jahr im **Mai** macht **Maiks** Mutter Frühjahrsputz. **Dabei** macht sie nicht nur Ordnung im ganzen Haus. Sie putzt auch alle Fenster und wischt die Böden in allen Räumen. Da danach immer alles blitzblank ist, darf **Maik** nirgendwo seine Sachen herumliegen lassen. **Einmal** vergaß er seinen **Bleistift** auf dem Küchentisch und bekam **gleich** eine Woche Hausarrest. Er beschwerte sich. Denn die **Ameisen**, die durch die Tür **hereinkamen** und die **Reiskörner** unter dem Schrank heraustrugen, wurden nicht bestraft.

https://bit.ly/3ikHthd

(82 Wörter)

13. Von Mainz in die Ukraine

Niklas kommt aus **Mainz. Einmal** war er mit **seinen** Eltern ans Schwarze Meer in die **Ukraine gereist**. Dort wollte er gar nicht hin. Er wollte viel lieber nach Italien. Doch seine Eltern zogen die **Ukraine** vor, da es billiger war. In der **Ukraine** lernte Niklas einen Jungen kennen. Er sprach auch Deutsch. Mit dem Jungen **schreibt** Niklas immer noch täglich viele **E-Mails**. Er ist ein echter Freund geworden.

https://bit.ly/3jlmHgI

(73 Wörter)

14. Der Taifun

Maikes Mutter hatte zum Mittagessen **Mais** gekocht. **Mais** war nicht **Maikes Leibspeise**. Doch **Maike** hatte eine Idee. Im Geografieunterricht hatten sie über einen **Taifun** gesprochen. Ein **Taifun** ist ein tropischer Wirbelsturm, der im Pazifik auftritt. Da schüttete **Maike** alle Maiskörner in ihr Wasserglas, hielt ihre Hand darüber und schüttelte es kräftig. Die Mutter fragte böse, was mit ihrem **Mais** passiert **sei**. **Maike** antwortete, dass ein **Taifun** gekommen sei.

https://bit.ly/3ysBIJG

(70 Wörter)

15. Ähnlich klingende Wörter

Paul macht leider immer noch viele Fehler im Diktat. Er kann sich einfach nicht merken, dass das **Laib** Brot anders geschrieben wird als der **Leib** Christi. Außerdem hat er Probleme sich die Schreibweise vom armen **Waisenkind** und vom alten **Weisen** zu merken. Doch auch die **Saite** einer Gitarre verwechselt er oft mit der **Seite** eines Buches. Da hilft wohl nur üben, üben, üben!

(66 Wörter)

Ähnlich klingende Konsonanten: b, p

16. Der Bäcker aus Potsdam

Mama kauft einmal in der Woche **Brot** und **Plätzchen** in der **Bäckerei**. Die **Bäckerei** ist in **Potsdam** direkt neben der **Post**, in der Mama arbeitet. Einmal hat sie **beobachtet**, wie ein **Dieb** Brötchen klauen wollte. Doch der Bäckermeister kannte den Mann. Er **putzte** morgens immer die **Backstube**. Der Mann war also kein **Dieb**, sondern ein **Bekannter** des Bäckermeisters. Der Bäcker gab dem Mann die Brötchen kostenlos.

(70 Wörter)

17. Die brennende Puppe

Mein **Bruder** und ich teilen uns ein Zimmer. Auf meinem **Bett** liegt eine **Puppe** und vor seinem Schreibtisch steht ein Rennauto. Einmal hat mein **Bruder** auf dem **Schreibtisch** eine Kerze angezündet. Mich störte die **brennende** Kerze, da ich schlafen wollte. Deswegen warf ich meine **Puppe** danach. Die Haare der **Puppe brannten** sofort lichterloh. Mein Bruder rannte ins **Badezimmer** und holte einen Eimer Wasser. Er löschte die **Puppe** sofort und wir waren **beruhigt**. Doch die **Puppe** sah ohne Haare gar nicht mehr **putzig** aus.

(86 Wörter)

18. Blumen pflücken

Morgen ist Muttertag. Da Paul nicht gut **basteln** kann, will er seiner Mutter **Blumen pflücken**. Es hat aber den ganzen Tag geregnet und Paul mag nicht in den **Park** gehen. Deswegen **pflückt** er die Blumen aus dem eigenen Garten. Als er am nächsten Tag seiner Mutter den **Blumenstrauß** gibt, freut sie sich sehr. Nur später als sie bemerkt, dass die **Blumen** aus dem Garten stammen, wird sie **böse**. **Beim** nächsten Mal möchte sie keine **Blumen** mehr von Paul **bekommen**.

(81 Wörter)

19. Der Plastikbehälter

Ben hatte auf dem Weg zur **Bushaltestelle** einen **braunen Behälter** aus **Plastik** gefunden. Er sah aus wie eine **Pyramide** und war noch unbenutzt. Ben zeigte den Behälter seinem **Bekannten**. Zusammen rätselten sie über dessen Gebrauch. Ben bestand darauf, **Pulver** in den **Behälter** zu füllen. Beim Ausschütten nahm das **Pulver** die Form einer Pyramide ein. Der Behälter war eine **Pressform**.

(62 Wörter)

20. Die peinliche Beichte

Die Frau saß im **Beichtstuhl**, als sich ein Mann auf die andere Seite setzte. Der Mann **begann** mit seiner Beichte und die Frau hörte **beschämt** zu. Einige Male wollte sie ihn unterbrechen und ihm sagen, dass sie kein **Priester** sei. Doch der Mann redete ohne **Pause**. **Plötzlich** öffnete sich die Tür des Beichtstuhls und vor dem Mann stand der Priester. Der Frau war es **peinlich**, dass sie den Mann nicht früher unterbrochen hatte.

(76 Wörter)

Ähnlich klingende Laute: ck, k

21. Das Kleinkind mit den Locken

Das **kleine Kind** mit den goldenen **Locken** brüllt. Die Eltern sind verzweifelt und meinen, dass es vielleicht eine **trockene** Windel braucht. Sie ziehen ihm auch die **Socken** aus. Das Kind sieht die Eltern **nachdenklich** an. Dann brüllt es erneut. Erst jetzt sieht der Vater die **Mückenstiche** am Bein seines Sohnes. Die Mutter schmiert eine Salbe darauf. Hoffentlich **wirkt** sie bald.

https://bit.ly/3xxbNcK

(65 Wörter)

22. Der Adler

Auf der **Ecke** wohnt ein Adler. Morgens **hockt** er immer auf einem Pfosten. Mittags fliegt er lange **Strecken**. Von dort oben hält er Ausschau nach seiner Beute. Denn seine Augen sind so scharf, dass sie auch durch eine tiefe Schnee**decke** hindurch**blicken** können. Sobald er ein geeignetes Opfer sieht, stürzt er hinab und greift es sich mit seinen scharfen Krallen. Dem Adler **schmecken** alle Kleintiere besonders gut.

https://bit.ly/3jvzbm1

(67 Wörter)

23. Schmackhafte Speisen

Schon die alten Römer wussten, dass Speisen durch **gehackte** Kräuter **schmackhafter** werden. Oftmals bereiteten die **Sklaven** der Römer die Mahlzeiten stundenlang in der Küche zu. Sie **kochten** und **backten** und mischten dem Wein Honig unter, um ihn **leckerer** zu machen. Die Sklaven servierten zu jedem Essen eine Fischsoße. Wahrscheinlich würdest du diese heute **eklig** finden. Ob die Römer die Soße mochten, ist unbekannt. Auch über den **Geschmack** der Soße wissen wir nichts.

(74 Wörter)

24. Der Backtag

Heute musste mich Mama gar nicht **wecken**. Nachdem ich mich **gestreckt** hatte, wurde ich von selbst munter. Schnell lief ich in die Küche, denn heute wollten wir **Kekse** backen. Alle Zutaten standen schon da. Da waren **Zucker**, Mehl und ein **Päckchen** Hefe. Es machte mir **schrecklich** viel Spaß die Zutaten miteinander zu vermischen. Danach schob ich die Kekse in den Ofen. Als sie fertig waren, naschte ich davon. Ich wollte schließlich wissen, ob sie auch **schmecken**.

(78 Wörter)

25. Schwarze Wolken

Es zog ein Gewitter auf. Das sah man gleich an den schwarzen **Wolken** am Himmel. Beim ersten Donnern erschreckte ich mich so sehr, dass ich das Glas fallen ließ. Es dauerte nur einige **Sekunden**, dann setzte auch das Gewitter ein. Es folgte ein **starker** Regenguss. Das war **wirklich** ein lausiges Wetter. „Zum Mäuse **melken**", wie meine Oma immer sagt. Ich verkroch mich unter die **Bettdecke**.

(67 Wörter)

Schreiben von dass und das

26. Die Schatzinsel

Das ist der Titel eines Buches, **das** den Autor weltberühmt machte. Das Buch beschreibt das Abenteuer eines Jungen. Er will Gold finden, **das** auf einer Insel versteckt liegt. Während der Fahrt zu der Insel hört der Junge, **dass** einige Männer das Schiff in ihre Gewalt bringen wollen. **Das** wollen sie jedoch erst dann machen, wenn der Schatz gefunden wurde. Der Junge beschließt, **dass** er mit den Seeräubern keine gemeinsame Sache machen will. Er flieht sobald sie auf der Insel sind. Durch Zufall entdeckt der Junge später in einer Höhle **das** Gold, **das** er zum Bezahlen seiner Ausbildung braucht.

https://bit.ly/3fnKRpW

(100 Wörter)

27. Das Kaninchen

Die Mutter sagt zu meinem Vater, **dass** er **das** Kaninchen zum Nachbarn bringen soll. Der Nachbar hat versprochen, **dass** er sich um das Kaninchen kümmert. Meine Eltern wollen nämlich **das** Kaninchen nicht mit in den Urlaub nehmen. **Das** finde ich sehr schade. Ich weiß jetzt aber auch, **dass** wir dadurch viel mehr Platz im Auto haben. Ich habe mir schon überlegt, **dass das** Buch und **das** neue Spiel unbedingt mitmüssen. Mama hofft, **dass das** Wetter so bleibt.

https://bit.ly/3ynrzsa

(80 Wörter)

28. Das Butterbrot

Ich habe vergessen, **das** Butterbrot aus meiner Schultasche zu nehmen. Jetzt ist **das** Englischbuch hinüber. Doch **das** Schlimmste ist der Verweis vom Lehrer. Als er sah, **dass das** Buch kaputt ist, wurde er sehr wütend. Ich hatte Angst, **dass** er meine Eltern anruft. Doch als meine Mutter **das** kaputte Buch bemerkte, lachte sie. **Das** ist ihr früher auch einmal passiert. „**Das** ist alles nur halb so schlimm", sagte sie. **Das** tröstete mich.

(74 Wörter)

29. Die Klosterschule

Jeder weiß wohl, **dass** die Lehrer in der Klosterschule sehr streng sind. **Das** fängt schon mit dem Morgengebet an. Wenn ein Schüler **das** nicht auswendig kennt, bekommt er Ärger. Schwester Isa sah immer sofort, **dass** ein Schüler ablas. **Das** hatte immer eine Strafe zur Folge. Doch noch härtere Strafen gab es für Unpünktlichkeit. **Das** mochten die Schwestern gar nicht gerne. Einmal informierten sie meine Eltern, **dass** ich immer zu spät komme. **Das** fanden auch meine Eltern nicht gut.

(80 Wörter)

30. Das Diktat

Heute gibt uns der Lehrer **das** Diktat zurück, **das** wir gestern geschrieben haben. Ich weiß schon jetzt, **dass** ich viele Fehler gemacht habe. Doch **das** macht nichts. Meine Mutter sagt nämlich immer, **dass** man aus seinen Fehlern lernt. Wenn **das** so ist, müsste der Lehrer **das** besonders gut bewerten. **Das** heißt nämlich, **dass** ich besonders viel lerne. Und **das** ist doch positiv.

https://bit.ly/3yh7bJ7

(64 Wörter)

Gleich klingende Konsonanten: d, dt und t

31. Der Brand in der Stadt

Seitdem es in der **Stadt** gebrannt hat, sind viele Leute aufs **Land** gezogen. Durch den **Brand** gab es eine Giftwolke und alle waren um ihre **Gesundheit** besorgt. Dass auch viele Häuser niedergebrannt sind, ist ein weiteres Problem. Denn viele der Häuser sind **endgültig** nicht mehr zu retten. Der **Schaden** ist viel zu groß. Die Leute, die in der Stadt geblieben sind, beklagen die **Totenstille**. Daran müssen sie sich erst gewöhnen.

https://bit.ly/3Cb9a44

(74 Wörter)

32. Die Geburtstagsfeier

Morgen hat Anna **Geburtstag**. Annas Mutter bereitet schon **seit** Tagen die Geburtstagsfeier vor. Lange hat sie überlegt, wen sie **einlädt**. Natürlich kommen Annas beste Freundinnen, aber auch einige **Verwandte**. Die Mutter hofft, dass Anna die Überraschung gefällt. Besonders mit der **runden** Torte hat sich die Mutter viel Mühe gemacht. Sie hat die Form eines Voll**mondes** und besteht aus köstlicher Schokolade. Als Geschenk bekommt Anna ein rotes **Armband**.

https://bit.ly/2WKkBiN

(69 Wörter)

33. Ein Ausflug in den Wald

Die Geschwister fahren mit dem **Fahrrad** durch den **Wald**. Sie mögen die **Landschaft** und die vielen Bäume. **Hinter** denen kann man sich prima verstecken. Einmal **mussten** sie auf einen Baum klettern, um sich vor einem **wilden** Tier zu schützen. Heute kommt ihnen ein Hase näher. Der frisst ihnen den Salat sogar aus der **Hand**. Von ihrem Abenteuer erzählen sie **später aufgeregt** ihrer Mutter. Sie verspricht, ihre Kinder irgendwann in den Wald zu begleiten.

https://bit.ly/3xjh47F

(78 Wörter)

34. Das bunte Kleid

„Magst du mein **Kleid**?", fragt Mama Papa. Papa überlegt einen Moment. **Eigentlich** gefällt ihm das Kleid gar nicht. Das kann er Mama aber nicht sagen, da sie sonst **wütend** wird. Papa findet, dass Mama in dem Kleid einen Hintern wie ein **Pferd** hat. Mama mag jedoch die **bunten** Farben des Kleides. Was sie jedoch gar nicht mag, ist Papas **Bart**. Das kann sie ihm aber nicht sagen, da er sonst wütend wird.

https://bit.ly/2V9QeCd

(77 Wörter)

35. Ohne Punkt und Komma

Gert hat einen **Freund**. Der redet ohne **Punkt** und Komma. Manchmal nervt das Gert. Dann sagt er zu seinem Freund, dass er den **Mund** halten soll. Der Freund hält ungefähr drei Sekunden den Mund. Dann redet er weiter. Sie sind trotzdem **gute** Freunde. Das liegt daran, weil sie eben so verschieden **sind**. Sie halten immer zusammen, auch wenn sie sich manchmal **streiten**.

https://bit.ly/3yn7nXm

(66 Wörter)

Wörter mit e und ä

36. Bekannte Sprichwörter

Sicher **kennst** du die **Redensart**: Was **Hänschen** nicht **lernt**, lernt Hans nimmermehr. Aber kennst du auch: Ein streitsüchtiger Hund läuft mit **zerrissenen** Ohren herum? Dieses Sprichwort ist **weniger** bekannt. Die bekanntesten Redensarten sind hingegen: Eine Hand **wäscht** die andere oder mit **Speck fängt** man Mäuse. Mir **gefällt** jedoch am liebsten: Wer anderen eine Grube **gräbt**, **fällt** selbst hinein.

https://bit.ly/3jmdchz

(60 Wörter)

37. Der Traum

Gestern war Greta schon früh ins **Bett** gegangen. Sie wurde jedoch durch ein Geräusch **aufgeschreckt**. Greta versuchte keine Angst zu haben. Mutig begab sie sich ins Wohnzimmer, aus dem das Geräusch drang. Ihr Vater hatte den **Fernseher** angelassen. Schnell schaltete sie ihn aus. Plötzlich sah sie vor dem Fenster zwei **Männer** stehen. Greta begann zu schreien. „Du hast nur geträumt!“, sagte ihre Mutter **besänftigend**.

https://bit.ly/2VmjPYZ

(67 Wörter)

38. Eine Menge Arbeitsblätter

Die Lehrerin gibt uns immer viele **Arbeitsblätter**. Wir Kinder mögen das gar nicht. **Ständig** müssen wir nachmittags nach der Schule lange am Schreibtisch sitzen und **lernen**. Die Übungen auf den Arbeitsblättern sind meistens noch nicht einmal **verständlich**. Da müssen wir viel **rätseln**, um zu verstehen, was die Lehrerin überhaupt meint. Aber bald sind Sommer**ferien**. Dann **werfe** ich diese Blätter als erstes in den Abfalleimer.

(67 Wörter)

39. Die enttäuschte Braut

„Warum **lässt** die Braut den Kopf denn so **hängen**?“, fragen sich die **Gäste**. Irgendwie ist es nur allzu **verständlich**. Schließlich hat es wie aus Kübeln geregnet. Das Loch im Dach wurde zum **Verhängnis**. Jetzt ist das **Paket** im Saal ganz nass. An Tanzen ist gar nicht erst zu denken. Kein Wunder, warum die Braut jetzt **heult**.

(60 Wörter)

40. Die Fähre

Die **Gäste** auf der **Fähre** tragen **Bänder**. Die Bänder dienen als Fahrkarte und sind aus gelblichen Plastik. Nach langem Tragen **färbt** das Band die Haut ganz gelb. Auch das **Wenden** des Bandes bringt nichts. Viele Gäste haben sich deswegen **beschwert**. Die Gäste wollen zukünftig Tickets statt Bänder bekommen. Die Kompanie entgegnet den Fahrgästen, dass das Drucken von Fahrkarten zu **aufwendig** sei.

(63 Wörter)

Wörter mit eu und äu

41. Die Leute von heute

Heutzutage sind immer mehr **Leute neugierig**, mal etwas anderes auszuprobieren. Früher hätte sich wohl keiner **träumen** lassen, mal eben so in fremde Länder zu reisen. Neulich hatte mir meine **Freundin** erzählt, dass selbst **Häuser** gerne mal verändert werden. Ihre Nachbarin streicht jedes Jahr ihre Hauswand in einer anderen Farbe. Dieses Jahr ist es ein **gräulicher** Ton. Ich bin gespannt, wie das **Gebäude** nächstes Jahr aussieht.

(69 Wörter)

42. Neue Sprichwörter

Das Sprichwort: „Wer Streit sät, arbeitet für des **Teufels Scheune**“ ist **neumodisch**. Es **bedeutet**, dass nur **teuflische Leute** Spaß daran haben, wenn andere streiten. Doch es gibt noch andere Sprichwörter rund um den Teufel, zum Beispiel: „Der Teufel steckt im Detail.“ Diese Redensart bedeutet, dass man **äußerst** genau auch auf Kleinigkeiten achten sollte. Denn hier verbergen sich die **häufigsten** Fehler.

(62 Wörter)

43. Der scheue Räuber

Der **Räuber** lebte mit seinen Freunden im tiefen Wald. Außer **Eulen** und **Bäumen** gab es dort nicht viel zu sehen. Deswegen wollte der Räuber zusammen mit seinen Freunden ein **Abenteuer** erleben. Sie gingen in ein **bäuerliches** Dorf. Doch dort war gerade ein großes Fest. Da sie sehr **scheu** waren, versteckten sie sich hinter dem **Heu**. Erst als die Dorfbewohner tief und fest **träumten**, kamen sie hervor und **erfreuten** sich an den Resten des Fests.

https://bit.ly/3xmDIwa

(77 Wörter)

44. Der europäische Läufer

„Seht ihr **euch** auch den Marathonlauf an?“, fragt Niko seine **Freunde**. „Dort treten nicht nur heimische, sondern auch viele **europäische Läufer** an“, **erläutert** Niko. „**Verläuft** die Strecke nicht auch zum Teil an den **Häusern** vorbei?“, fragt Nils **neugierig**. „Ja“, bestätigt Niko. „Sie verläuft aber auch durch unsere schönen Wälder, wo **Kräuter** und bunte Blumen wachsen.“ „Wahrscheinlich werden die Läufer aber eher mit ihrem Lauf beschäftigt sein“, wirft Markus ein. „Jeder möchte schließlich den Pokal **abräumen**.“

https://bit.ly/3lowPYT

(79 Wörter)

45. *Die Zeugen*

Am Wochenende war ich mit meinen **Freunden** im Einkaufszentrum. Hier wurden wir **Zeugen** von einem Raubüberfall. Der **Räuber** kam aus dem Geschäft gelaufen, in das wir gerade hineingingen. Die Kassiererin rief: „Haltet den Dieb!". Mein Freund **scheute** sich nicht, ihm den Weg zu versperren. Gott sei Dank hörte ich bereits das **Geräusch** der Sirenen. Denn obwohl der Dieb gleich anfing zu **heulen**, hätte es auch schlimmer enden können. Einen Räuber sollte man niemals unterschätzen.

https://bit.ly/3jikAKH

(76 Wörter)

Ähnlich klingende Konsonanten: f und v

46. Der Winter bei uns auf dem Dorf

Letzten Winter **fiel** sehr **viel** Schnee. Sofort holte mein Vater unseren Schlitten und wir **fuhren** damit den Abhang hinunter. Das war wunderbar. Doch die Autofahrer mochten den Schnee gar nicht. Denn der **Straßenverkehr** war blockiert. Auch unser **Vieh** musste lange Zeit im Stall bleiben und durfte nicht **frei** auf der Weide herumlaufen. Um die **Vögel** mit **Fressen** zu **versorgen**, stellte mein Vater ein Vogelhäuschen auf.

(72 Wörter)

47. Beim Einkaufen

Mein **Vater** ist mit mir heute **Vormittag einkaufen** gefahren. Da mein Vater immer so **viel vergisst**, hat meine Mutter ihm eine Einkaufsliste gegeben. Darauf stand auch **Vollmilch**. Zuerst **fragte** mein Vater die **Verkäuferin**, wo er die Vollmilch **findet**. Als er dann den Preis sah, **fand** er, dass die Vollmilch zu viel kostet. Stattdessen kaufte er haltbare Milch. Mein Vater war **froh**, dass er etwas Geld sparen konnte. Doch meine Mutter war gar nicht **zufrieden**.

(76 Wörter)

48. Das Faschingsfest

Für das **Faschingsfest** zieht sich jedes Kind ein tolles Kostüm an. Neben **Feen** und **Feuerwehrmännern** sind auch **Figuren** aus dem **Fernsehen** sehr beliebt. Alle Kinder haben große Freude. Passend zum Fest gibt es **Fanta** zu trinken, aber auch Wasser und **Apfelsaft fehlen** natürlich nicht. Viele Kinder führen noch ein **Fingertheater** auf. Die **Fingerpuppen** haben sie zusammen mit der Lehrerin gebastelt.

https://bit.ly/2Vq8oQl

(62 Wörter)

49. Die Klavierstunde

Die **Familie** meiner **Freundin Fiona** will, dass sie Klavierunterricht nimmt. Fiona mag kein Klavier. Ihr gefällt der Tanzunterricht **viel** mehr. Beim Klavierspielen weiß sie nie genau, was sie mit ihren **Fingern** machen muss. Der Klavierlehrer bewegt seine Finger ganz **flink**. Aber Fiona fällt das schwer. Außerdem spielt der Lehrer immer ganz traurige Melodien. Fiona **gefallen fröhliche** Lieder viel besser. Um nicht zum Klavierunterricht zu gehen, hat sie sich einmal unter ihrem Bett **versteckt**.

https://bit.ly/37pL1sj

(75 Wörter)

50. Die Sommerferien

Endlich sind Sommer**ferien**. Alle Kinder **fahren** in den Urlaub. Marvins **Familie** hat noch keine **festen** Pläne. Die Mutter will mit dem **Flugzeug verreisen**. Der **Vater** will mit dem Auto **fahren**. Dagegen ist Mama. Auf den Straßen ist immer so viel **Verkehr**. Am Ende haben sie sich auf einen Kompromiss **festgelegt**. Sie **fliegen** erst mit dem **Flugzeug** nach **Frankreich** und dort mieten sie sich ein Auto.

https://bit.ly/2VEeKv6

(67 Wörter)

Ähnlich klingende Konsonanten: g und k

51. Der Sprung aus den Bettlaken

Mark schläft noch tief und fest, als am frühen **Morgen** seiner Wecker **klingelt**. Schnell quält er sich aus seinem **Bettlaken** und **springt** ins Badezimmer. **Wenig** später steht er **komplett angezogen** in der **Küche**. Doch seine Mutter sucht er hier **vergeblich**. **Komisch**, **denkt** Mark. Doch dann fällt sein Blick auf den **Kalender**, der an der Wand **hängt**. Heute ist Samstag und **keine** Schule.

(67 Wörter)

52. Mein großartiger Onkel

Als mein **Onkel** meiner Tante beim **Fegen** der **Wohnung** half, blieb er mit seinem Hemd an einem **Kaktus hängen**. Der Kaktus **verfing** sich so hartnäckig im Stoff, dass mein Onkel **lange vergeblich** versuchte beide voneinander zu trennen. Da **zog** mein Onkel sein Hemd aus und wickelte es um den Kaktus. Als meine Tante **fragte**, was er da machte, **sagte** er, dass der Kaktus auch in der **kalten** Jahreszeit nicht mehr frieren muss.

(75 Wörter

53. Der Ausflug zur Burg

Am Wochenende machen wir einen **Ausflug** zur **Burg**. Darauf habe ich mich schon seit **Tagen gefreut**. Zuerst **besteigen** wir den **Berg**, auf dem die Burg steht. Dann ruhen wir uns auf einer **Bank** aus. Als wir wieder bei **Kräften** sind, steigen wir auf den Burgturm. Von hier oben sehen wir den **langen Weg**, den wir **gegangen** sind.

https://bit.ly/3fnMIuU

(61 Wörter)

54. Das Geburtstagsgeschenk

Heute hat Heike **Geburtstag**. Ihr **großer** Bruder möchte ihr einen **Kuchen** backen. Als er den **Teig fertig** hat, **gibt** er ihn in eine Backform. Nachdem der Kuchen im Ofen gebacken hat, riecht das **ganze** Haus nach Kuchen. Als Heikes Bruder den Kuchen mit den **Kerzen** auf den Tisch stellt, freut sie sich über das tolle **Geschenk**. Besonders **mag** sie, dass er den Kuchen selbst **gemacht** hat.

https://bit.ly/3rSoBtm

(68 Wörter)

55. *Die Bank im Park*

Heute treffe ich mich mit meinem **guten** Freund im **großen Stadtpark**. Nach einem **langen Spaziergang** lassen wir uns auf einer **Bank** nieder, die **direkt** neben dem **Weg** steht. Lange beobachten wir das **Geschehen**. Ein **Igel** versteckt sich im grünen **Gebüsch**. Frösche **quaken** laut um die Wette. Eine Maus **kriecht** durchs **Gras**. Mitten in der Natur lässt es sich wirklich **gut** aushalten.

https://bit.ly/3fqnpIA

(65 Wörter)

Das Dehnungs-h

56. Der Besuch auf dem Bauernhof

Letztes **Jahr** sind wir mit der Klasse zum Bauernhof **gefahren**. Dort haben wir **zehn** klcinc Katzen gesehen. Doch **Hühner** und **Kühe** waren noch viel mehr dort. Die konnten wir gar nicht **zählen**. Den Hühnern durften wir sogar **Nahrung** geben. Und mit den Kindern, die auf dem Bauernhof **wohnten**, haben wir Freundschaft geschlossen. Sie **erzählten** uns, dass in der **Nähe** des Bauernhofs ein Wald ist. Hier soll es ganz viele **Rehe** geben.

https://bit.ly/2VmUX3g

(76 Wörter)

57. Wie funktioniert eine Wahl?

Heute erklärt uns unsere **Lehrerin**, wie die **Wahl** zum Klassensprecher funktioniert. Zunächst gibt es **mehrere** Kandidaten, die Klassensprecher werden wollen. Bei der Wahl schreibt man dann den Namen seines Favoriten auf einen Zettel. Dadurch gibt man ihm seine Stimme. Der Kandidat, der **mehr** Stimmen als die anderen hat, gewinnt die Wahl. Der Klassensprecher hat **sehr** wichtige Aufgaben. Er soll die Klasse gegenüber dem Lehrer vertreten.

https://bit.ly/3yq5EAG

(69 Wörter)

58. Der Besuch bei der Oma

Heike **fuhr** nach der Schule mit der **Bahn** zu **ihrer** Oma. Heikes Oma **erzählte** ihr immer ganz spannende Geschichten. Einmal erzählte sie Heike von einem **Reh**, das auf der Suche nach **Nahrung** war. Als der Jäger das Reh sah, hob er sein **Gewehr**. Als das Reh sich jedoch in seine Richtung **drehte**, ließ der Jäger sein Gewehr sinken. Das Reh ergriff die Gelegenheit und floh in den tiefen Wald. Ob es **wohl** wusste, dass es in großer **Gefahr** war?

(84 Wörter)

59. Schlechtes Benehmen

Maikes Eltern wollen unbedingt etwas gegen das schlechte **Benehmen ihrer** Tochter **unternehmen**. Denn nicht nur zu Hause, sondern auch in der Schule **benimmt** sie sich gar nicht gut. Sie **erhielt** sogar schon einen Tadel, weil sie während des Unterrichts die Füße auf den Tisch legte. Maike interessiert das nicht die **Bohne**. Doch ihre Eltern sagen ihr immer wieder, dass sie sich mehr **Mühe** geben müsse. Jetzt sind ihre Manieren zu Hause deutlich besser geworden. In der Schule **verhält** sie sich aber immer noch schlecht.

(86 Wörter)

60. Die Feuerwehr

Insbesondere am Wochenende und an den Feiertagen brechen viele Brände aus. Sobald das Telefon klingelt, ruft der Chef alle **Feuerwehrmänner**. Mit dem roten **Feuerwehrauto fahren** sie so schnell wie möglich zum Brand. Dort **gehen** die Feuerwehrmänner mit Spezialkleidung in das brennende Haus, **obwohl** das sehr **gefährlich** ist. Doch sie machen das, um die Menschen in dem Haus vor den Flammen zu retten. Feuerwehrmänner sind **daher** die **wahren** Helden des Alltags.

https://bit.ly/3ji1Pab

(71 Wörter)

Lang- und kurzgesprochenes i: i oder ie

61. Der verspielte Sieg

Unsere Mannschaft lag mit **vier** Toren weit im Vorsprung. Der **Sieg** war schon zum Greifen nahe, als **die** Gegner aufholten. Das **gibt** es doch **nicht**, haben **viele** gerufen, als plötzlich Gleichstand war. Dann **fiel** unser Team mit einem weiteren Tor zurück. Zu **diesem** Zeitpunkt wunderte es jedoch **niemanden** mehr, als **wir** das **Spiel** verloren. Wir waren uns des Sieges einfach schon viel zu **sicher**.

https://bit.ly/3rQjJEK

(67 Wörter)

62. Meine Freundin aus Indien

Meine **Freundin** kenne ich jetzt schon **sieben** Jahre. Sie ist als Klein**kind** mit ihren Eltern von **Indien** nach Deutschland gezogen. In den Sommer**ferien** **fliegen** wir mit ihren Eltern in ihre Heimat. Ihre Verwandten wohnen noch immer **hier**. Sie leben in einem kleinen Dorf, das weit entfernt von der **indischen** Hauptstadt **liegt**. Ich freue mich schon **riesig** auf die Reise. **Sicherlich** werden wir **viel** Spaß haben.

https://bit.ly/3A27Ezp

(69 Wörter)

63. Der Film im Kino

Am Abend gehe ich mit meiner **Freundin** ins **Kino**. Es läuft der neue **Film** mit unserem Lieblings**schauspieler**. Meine Mutter fährt uns mit dem Auto **dorthin**. An der Tankstelle, wo sie **Benzin** nachfüllt, kauft sie auch **Gummibärchen** für uns. Der Film ist sehr **lustig**. Er handelt von einem **Tiger**, der aus dem Zoo **fliehen** konnte. Alle suchen nach ihm, um ihn **wieder** einzufangen. Am Ende **finden** sie ihn und bringen ihn zurück.

https://bit.ly/2WUmRV3

(75 Wörter)

64. Der Priester unserer Kirche

Am Sonntag gehen meine Eltern **immer** in die **Kirche**. Über die Jahre haben sie mit dem **Priester** Freundschaft geschlossen. Oft **trifft** mein Vater ihn außerhalb der Kirche auf ein **Bier**. Der Priester ist trotz seiner **Religion** sehr modern. Er **zieht** auch gerne lässige Kleidung an. Man soll die Leute also **nie** nach ihrem Äußeren oder ihrer Profession beurteilen.

https://bit.ly/3lsa9XE

(62 Wörter)

65. Die Minusgrade

Im Winter ist es oft eisig kalt. Das Thermometer zeigt fast **immer Minusgrade** an. Ohne Heizung fühlt es sich bei uns zu Hause wie im **Iglu** an. Selbst ein **Liter** Wasser würde **hier** sehr schnell **einfrieren**. Gott sei Dank **funktioniert** unsere Heizung sehr gut. So muss ich nicht **frieren** und das Wasser ist auch noch **nie** zu Eis geworden.

(61 Wörter)

Doppelter oder einfacher Konsonant: l oder ll

66. Der holländische Maler

Der **Maler** aus **Holland** hat sehr **viel Talent**. Da er sehr viel arbeitet, fährt er jeden Sommer mit seinem **Motorroller** quer durch die **Niederlande**. Immer hat er seinen **Pinsel** und seine Farben dabei. Besonders gerne **malt** er **Tulpen** und **hellblaue Wolken**. Davon gibt es in Holland sehr viele. **Mittlerweile** kann er dieses **Bildnis** sehr **schnell** malen. Glücklich fährt er mit seinen **Gemälden** wieder nach Hause.

https://bit.ly/3AafHdz

(67 Wörter)

67. Ein Flug rund um den Erdball

Da unsere Eltern sich dieses Jahr keinen Urlaub leisten können, hat mein Bruder einen ganz **tollen Einfall**. **Schnell** holt er den **Globus** aus dem Regal und mit der Lupe gehen wir auf Entdeckungsreise. Wusstest du, dass der **Erdball** zu zwei **Dritteln** aus Wasser besteht? Das **Mittelmeer** ist gar nicht so weit weg von uns. Hier leben ganz viele **Quallen**. Die **Wellen** sind hier nicht so hoch wie im Ozean. **Vielleicht** können wir nächstes Jahr hier **Urlaub** machen.

https://bit.ly/3rOgTjP

(83 Wörter)

68. Die Kuh Elsa

Willi **liegt** auf einem Liegestuhl und beobachtet aus der Ferne die Kuh Elsa. Sie hat gerade erst ein **Kalb** geboren, das jetzt **Milch** trinkt. Da es schon Herbst ist, trägt Willi einen warmen **Pullover**. Auf einem Tisch neben ihm steht ein **Teller** mit **köstlichen Nudeln**. Da läuft Elsa in Willis Richtung. Willi denkt, dass sie eine Nudel **will** und wirft ihr etwas zu. Erst dann bemerkt Willi, dass Elsa seinen **Ball** will. Es sieht lustig aus, wie die Kuh **Fußball spielt**.

(84 Wörter)

69. Die Höhle des Löwen

Viele Kinder verwechseln die **Höhle** des Löwen mit der **Hölle** des Teufels. Andere haben Probleme mit dem **Topmodel** und dem **Modell**, das wir oft als Beispiel im Unterricht besprechen. Doch auch der **Stall**, in dem die Tiere leben, kann leicht mit dem Material **Stahl** verwechselt werden. Um diese Fehler nicht zu machen, **solltest** du fleißig lernen!

(60 Wörter)

70. Die Stadt voller Lichter

Nachts ist die Stadt **voll** von **unendlich** vielen Lichtern. Davon ist viel Leuchtreklame, aber es **strahlen** auch viele andere **Lichtquellen**. Viele Menschen mögen es, wenn **alles** so **hell** ist. Ich mag abends besonders die Dunkelheit gern. Zu viele Lichter **blenden** mich und tun mir in den Augen weh. Viele Menschen haben aber auch Angst im Dunkeln. Was magst du **lieber**?

https://bit.ly/3CkRW4v

(64 Wörter)

Doppelter oder einfacher Konsonant: m oder mm

71. In meinem Kinderzimmer

In meinem **Zimmer** habe ich viel Spielzeug. Meine **Trommel** habe ich von meiner Oma geschenkt **bekommen**. Den **Hampelmann** an meiner Tür hat **Mama** gebastelt. Mit den **Daumenfarben** spiele ich immer **samstags** mit meinem Vater. Ich habe keinen **Computer**. Meine Eltern meinen, dafür sei ich noch zu klein. Auch wenn ich deswegen immer **jammere**, ändert das nichts an ihrer Meinung.

(62 Wörter)

72. Der Hummer hat Kummer

Der **Hummer** hat einen **Kumpel**. Sie machen fast alles **zusammen**. Als der **Kumpel** eines Tages nicht zu ihm **angeschwommen kommt**, macht sich der **Hummer** große Sorgen. Was **stimmt** wohl nicht mit ihm, fragt sich der **Hummer**. Als der **Hummer** bemerkt, dass sein **Kumpel** krank ist, **kümmert** er sich um ihn. Das ist wohl das **mindeste**, was **man** unter Freunden füreinander tun kann.

(66 Wörter)

73. Der warme Sommer

Im **Sommer** fahre ich **immer** mit meinen Eltern ans **Mittelmeer**. Wir mieten uns einen Camper und fahren auf den Campingplatz. **Mitten** in der Natur lebt es sich nicht nur toll. Ich finde auch jedes Jahr auch eine **Menge** neuer Freunde, mit denen ich viel Spaß habe. Auch im Zeltaufbau bin ich **mittlerweile Meister**. Nur mein Vater übertrifft mich noch. Aber zum perfekten Pfadfinder hat er einen **Mangel**: Er **kommt** immer viel zu spät.

(75 Wörter)

74. Die außergewöhnliche Stimme

Der Mann hatte eine unnachahmliche **Stimme**. Kein Wunder also, warum er als Sänger Karriere machte. Nach jedem seiner Auftritte trat er an die **Rampe** und ließ sich von den **Menschen** feiern. An das **Summen** der **Kameras** hatte er sich gewöhnt. Schließlich hatte er sich auch außerhalb der Musik einen **Namen** gemacht. Es war abzusehen, dass sein **Ruhm** wohl **kaum** verblasste.

(63 Wörter)

75. Die falschen Nummern

Am Mittwoch haben wir eine Mathearbeit geschrieben. Ich bin mir **ziemlich** sicher, dass in einer Aufgabe die falschen **Nummern** standen. Die Übung war **nämlich** unlösbar und **normalerweise** habe ich keine **Probleme** im Rechnen. Doch mir fehlte der **Mut**, dem Lehrer das zu sagen. Morgen **bekommen** wir die Arbeit zurück. Ich bin gespannt, ob dem Lehrer die falsche **Nummerierung** aufgefallen ist.

https://bit.ly/2U6aEeQ

(63 Wörter)

Doppelter oder einfacher Konsonant: n oder nn

76. Der Donnerstag

Donnerstag ist mein Lieblingstag. **Daran** ändert auch die Tatsache nichts, dass wir heute unsere **Zeugnisse** bekommen. **Denn** danach **beginnen** endlich die Sommerferien. Mit meinen Eltern fahre ich nach **Griechenland**. Hier verbringe ich ganze Tage am Strand und baue Burgen mit **Wassergräben**. Neue **Freunde** finde ich auch immer schnell. Ich **kann** es kaum erwarten, **endlich** dort zu sein.

https://bit.ly/2VpTokT

(59 Wörter)

77. Auf dem Bauernhof

Heute fahren wir auf den **Bauernhof**. Hier **leben** ganz viele Tiere. Der **Hahn** schreckt morgens alle aus dem Schlaf. Die **Hennen gackern** den ganzen Tag. Doch besonders mag ich die weichen **Kaninchen** und den **bellenden** Hund. Mit meinem Bruder spiele ich gerne in den vielen **Tannen** vor dem Haus Verstecken. Abends schickt mich meine Mutter immer in die **Wanne**, weil ich so schmutzig bin.

https://bit.ly/2WUny0B

(66 Wörter)

78. Kennst du den Mann?

„Dahinten in der Ecke steht ein kleiner **Mann**. Er hat **dunkle** Haare und sieht dich **ständig** an. **Kennst** du ihn etwa? **Wenn** nicht, solltest du ihn vielleicht fragen, was er von dir will. Wahrscheinlich ist es sogar besser, die Polizei zu **informieren**", meint Hans.

„Aber nein", beruhige ich ihn. „**Den** Mann kenne ich gut. Er ist mein Onkel."

https://bit.ly/37eWsDh

(64 Wörter)

79. Das kleine Kind

Nachmittags geht der **Mann** mit dem **Doppelkinn** immer mit seinem Kind auf **den** Spielplatz. Während die **Sonne** scheint, spielt das Kind im warmen **Sand**. Es **rennt** aber auch mit den anderen Kindern um die Wette. Besonders gerne verstecken sich alle in der grauen **Tonne**. Später gehen alle nach Hause und trinken dort eine **Kanne** Kakao, bevor sie sich in der **Wanne** waschen und schlafen gehen.

https://bit.ly/3imYtTW

(68 Wörter)

80. Die brennende Scheune

Es fing in der **Scheune** an zu **brennen**. Als mein Vater das Feuer **entdeckte**, **rannte** er ganz schnell und rief die Feuerwehr. Sie **kamen** sofort, um die **Rinder** in der Scheune zu retten. Sie standen an der **Wand** und waren ganz verschreckt. Doch die Feuerwehr **konnte** den Brand schnell löschen. Alle Tiere überlebten. Nur die Scheune war dahin.

https://bit.ly/3rS7mrZ

(61 Wörter)

Wörter mit ng oder nk

81. Der Schulanfang

Mein erster Schultag war sehr **aufregend**. Mein **Onkel** sagte mir, dass aller **Anfang** schwer ist, doch ich habe gleich einen neuen Freund gefunden. Er sitzt in der **Bank** gleich **links** neben mir. Wir haben uns fast **verrenkt**, um die Klassenlehrerin zu sehen. Sie soll sehr **streng** sein. Doch auf uns machte sie einen freundlichen Eindruck. Der erste Tag war zwar sehr **lang**, aber nicht allzu **anstrengend**.

https://bit.ly/3ftoj71

(68 Wörter)

82. Die Bank

Mein Vater **lenkt** den Wagen auf den Parkplatz der **Bank**. Beim Aussteigen **winkt** er fröhlich seinem Kollegen zu. Da erst bemerkt er, dass sein Kollege ihm mit seinem **Finger** seltsame Zeichen gibt. Mein Vater bemerkt den Mann **links** neben dem Bankschalter. Er **zankt** mit einem anderen Mann. Könnte der zankende Mann ein Bankräuber sein, **bangt** mein Vater. Mit zitternden Fingern ruft er die Polizei.

https://bit.ly/3xiMYBj

(66 Wörter)

83. Die Angst im Dunkeln

Als ich noch klein war, hatte ich furchtbare **Angst** im **Dunkeln**. Meine Eltern mussten immer ein Licht anlassen. Aber auch das beruhigte mich oftmals nicht. **Lange** blieben sie an meinem Bett sitzen. Mein Vater **fing** dann immer an zu **singen**, bis ich eingeschlafen war. Sein **Gesang** und das sanfte Streichen meiner Mutter über meine **Wange** ließen mich ruhiger werden.

https://bit.ly/3CeVg10

(63 Wörter)

84. Im Boxring

Als Kind hat er immer davon geträumt einmal als starker Mann im **Boxring** zu stehen. Besonders aufregend fand er die Vorstellung, dass die Leute sich auf den **Bänken drängen**, um ihn zu sehen. Zum **Anfang** eines jeden Kampfes **winken** sie ihm zu und wünschen ihm viel Erfolg. Vor seinem Gegner hat er niemals **Angst**. Denn er ist ein starker Kämpfer. Bei manchen Gegnern muss er sich nur besonders **anstrengen**.

https://bit.ly/2WRGVar

(71 Wörter)

85. Der Säugling

Mein kleiner Bruder ist im **Frühling** geboren. Er ist zwar sehr süß, aber auch sehr **anstrengend**. Gerade am **Anfang** ist noch alles neu und ich hatte noch keine **Ahnung**, was ein **junger Säugling** alles braucht. Viel **Übung** brauchte ich, um ihn anzuziehen. Mit dem Füttern funktioniert es schon besser. Sein **Lieblingsgetränk** ist Milch. Meine Leibspeise **Pudding** mag er noch gar nicht.

(63 Wörter)

Doppelter oder einfacher Konsonant: s oder ss

86. Die Kängurus

Wusstest du, dass Kängurus in **Australien** leben? Besonders gerne mögen sie **Wüstengebiete** und **fressen** nur Pflanzen. Beim **Essen** stützen sie sich auf ihren kurzen Vorderbeinen ab. Um ihre Zähne zu säubern, reiben sie sie mit ihren Pfoten ab. Noch spannender ist jedoch, dass ein Kängurubaby nach der Geburt noch fünf Monate in dem Beutel seiner Mutter heranwächst. Erst dann steckt es seinen Kopf nach draußen. **Ausgewachsene** Kängurus kämpfen gerne zum Spaß miteinander. Dazu benutzen sie ihre Fäuste.

(79 Wörter)

87. Das Herbstfest

Unsere **Klasse** hat **beschlossen**, ein **Herbstfest** zu veranstalten. Für dieses **Ereignis** wollten wir auch unser Klassenzimmer schmücken. Doch wir sollten auch Ideen für Spiele **sammeln**. Die Jungen wollten Fußball spielen. Die Mädchen wollten lieber tanzen und schlugen eine **Disko** vor. Sofort waren alle Kinder begeistert. Blieb nur noch die Musikauswahl und das Buffet. Neben **Wasser** und Saft gab es **Käse**, Brötchen und Würstchen zu **essen**.

(67 Wörter)

88. Der Ausflug zum Schloss

Nächste Woche macht unsere **Klasse** einen **Ausflug** zum **Schloss**. Darauf freuen wir uns schon seit Wochen **riesig**. Doch unsere Lehrerin will, dass wir schon vorher viel über das Schloss **wissen**. Sie **liest** uns daher viele Erzählungen darüber vor. Eine **Sage** **sagt**, **dass** ein **russischer Riese** in dem Schloss gelebt habe. Er hatte immer viele Gäste und bot ihnen köstliche Speisen an. Dazu ließ er frisch **gepressten** **Orangensaft** servieren. Nach dem **Essen** ging der Riese immer in seinem Garten spazieren.

https://bit.ly/3ylfiVa

(83 Wörter)

89. An der Supermarktkasse

Ich war heute mit meiner großen Schwester im **Supermarkt**. Ich brauchte für die Schule einen **Malkasten** mit **Wasserfarbe**. Als wir an der **Kasse** standen, bemerkte meine Schwester, **dass** sie das Geld **vergessen** hatte. Sie bekam einen **riesigen** Schreck. Aber die **Kassiererin** war sehr nett und **sagte, dass** wir erst morgen bezahlen könnten, wenn wir unseren **Ausweis** bei ihr **lassen**. Am nächsten Tag **kassierte** die freundliche Frau ab und wir bekamen unsere **Ausweise** zurück.

https://bit.ly/2TP7ziW

(76 Wörter)

90. Die Masern

Lisa hat **Masern**. Zuerst hatte sie einen roten **Ausschlag**, dann kam das Fieber und das Jucken. Jetzt **muss** Lisa im Bett bleiben und sich **ausruhen**. Ihre Mutter **liest** ihr viele Geschichten vor. Ihre Freundinnen sagen ihr die Hausaufgaben. Damit Lisa beim Schreiben **besser** sitzen kann, schüttelt ihre Mutter ihr die **Kissen** aus. Lisa wird so nicht langweilig und wird sicherlich schnell wieder **gesund**.

https://bit.ly/37gWAC5

(65 Wörter)

Wörter mit s-Lauten: s oder ß

91. Winterspaß

Im Winter hatte ich mit meinen Geschwistern viel **Spaß**. Im **weißen** Schnee bin ich oft mit dem Schlitten den Hügel **hinuntergesaust**. Meine Schwester wollte unbedingt einen Schneemann bauen. Da haben wir den Schnee zu zwei **festen** Kugeln geformt und sie aufeinandergestapelt. Der Schneemann war ganz schön **groß** und **hieß** Lars. Am nächsten Tag war der Schnee geschmolzen und von Lars war nur noch ein kleiner Rest übrig.

https://bit.ly/37jMz74

(69 Wörter)

92. Der Ausflug in den Zoo

Unsere **Zeugnisse** zum Ende des Schuljahres sind dieses Jahr besonders gut ausgefallen. Unsere Eltern wollen uns dafür mit einem **Ausflug** in den Zoo belohnen. Da viele Tiere in **Außengehegen** untergebracht sind, **mussten** wir lange auf gutes Wetter warten. An diesem Wochenende war es endlich soweit und wir hatten richtig viel **Spaß**. Die kleinen Tierbabys spielen miteinander und **beißen** in ihr Spielzeug. Doch besonders **interessant** fand ich die Fütterungszeit. Es war lustig zu sehen, wie die Pinguine ihre Fische **fressen**. Denn zunächst **mussten** sie ins **Wasser** springen und nach ihnen tauchen.

https://bit.ly/2TP7FXQ

(95 Wörter)

93. Das fleißige Lieschen

Lisa ist ein sehr **fleißiges** Mädchen. Sie ist nicht nur sehr hilfsbereit im Haushalt, sondern macht auch immer direkt ihre Hausaufgaben nach der Schule. Sie will nämlich immer schnell nach **draußen**, um dort mit den anderen Kindern zu spielen. Da ihre Freunde aber **meistens** noch ihre Hausaufgaben machen **müssen**, geht sie mit ihrer Mutter noch in den **Eissalon**. Während ihre Mutter einen **Eiskaffee** trinkt, bekommt Lisa eine **Tasse** Milch mit einem **süßen** Stück **Nusskuchen**.

(77 Wörter)

94. Der Blumenstrauß

Unsere **Klassenlehrerin** hat heute Geburtstag. Da wir sie sehr gerne haben, haben wir ein Geschenk für sie besorgt. Entlang der **Straße** zur Schule wachsen bunte Blumen. Jedes Kind hat eine Blume gepflückt. Daraus ist ein schöner **Blumenstrauß** geworden. Wir **lassen** uns den **Klassenraum** schon vor Unterrichtsbeginn **aufschließen** und legen den **Strauß** auf den Schreibtisch der Lehrerin. Als sie in das Klassenzimmer kommt, freut sie sich wahnsinnig über den tollen **Geburtstagsgruß**.

(72 Wörter)

95. Die Hochwasser-Katastrophe am Fluss

Durch den Wald **fließt** ein **Fluss**. Als es gestern regnete, fielen riesige **Wassermassen** vom Himmel. Aus dem Fluss wurde in kürzester Zeit ein **reißender** Strom. Das **Wasser** trat über das Ufer und setze den Wald unter Hochwasser. Einen ganzen Tag **goss** es wie aus Eimern. Als mit dem Regen endlich **Schluss** war, wurden die **großen** Schäden sichtbar.

https://bit.ly/3ilhIO0

(61 Wörter)

Wörter mit s-Lauten: s, ss oder ß

96. Das Fest im Schloss

Es war einmal eine **fleißige** Schneiderin. Die Königin **ließ** sie eines Tages zu sich rufen. Die Schneiderin sollte ihr fürs Fest im **Schloss** neue Kleider nähen. Bei ihrem Besuch bei der Königin im Palast nahm die Schneiderin ihr **Maßband** und ihren Musterkoffer mit. Die Königin war so **groß**, **dass** die Schneiderin auf ein **Holzfass** steigen musste, um von ihr **Maß** zu nehmen. Obwohl die Schneiderin das Kleid sehr hastig nähte, war die Königin zufrieden und entlohnte die Schneiderin **großzügig**.

(83 Wörter)

97. Das Walross

Heute waren wir mit der **Klasse** im Zoo. Dort lebt ein **Walross**, das sehr **gefräßig** ist. Es **fraß** die ganze Zeit fast nur **Bambussprossen**. Als es alle **aufgefressen** hatte, begann es damit, **Wasserasseln** zu verspeisen. Dazu tauchte es kurz mit dem Kopf unter **Wasser**. Das sah ganz schön lustig aus, da das Walross so einen dicken Hintern hatte.

(60 Wörter)

98. Die Passkontrolle

Dieses Jahr haben wir **beschlossen**, Urlaub am Schwarzen Meer zu machen. Nach einer langen Flugreise waren wir **schlussendlich** in **Russland** angekommen. Doch am Flughafen **mussten** wir uns noch in eine lange Schlange einreihen. Ein Zollbeamter kontrollierte von jedem **Passagier** den **Pass**. Gott sei Dank hatten meine Eltern extra darauf geachtet, unsere **Ausweise** vor Reisebeginn verlängern zu **lassen**. Der Zollbeamte **ließ** uns ohne Probleme **passieren**.

https://bit.ly/2VAQLgD

(66 Wörter)

99. Die wässrige Soße

Ilses Eltern haben einen **Imbiss**. Beim Servieren der Gäste hat Ilse schon oft geholfen. Heute **lässt** ihre Mutter sie jedoch zum ersten Mal eine **Soße** zubereiten. Beim Kosten der Soße hat die Mutter nichts auszusetzen. Die Soße schmeckt der Mutter vorzüglich. Allerdings ist die Soße noch sehr **wässrig**. Die Mutter rät Ilse, einen **Schuss Essig** hinzuzugeben. Jetzt ist die Soße ein wahrer **Genuss**.

https://bit.ly/3lBhww2

(66 Wörter)

100. Wann ist endlich Schluss?

Die Schule ist heute gar nicht **interessant**. Lars kann es kaum erwarten, **dass** endlich **Schluss** ist. Er **fantasiert** schon, was er alles in seiner Freizeit machen kann: ein köstliches **Wassereis essen**, einfach mal seine **Füße** hochlegen und nichts tun oder mit seinen Freunden auf der **Straße** vor seinem Haus spielen. Bei diesen **Aussichten vergisst** Lars, **dass** er noch in der Schule ist. Die Lehrerin starrt ihn schon ganz böse an, weil er mit seiner Antwort auf ihre Frage warten **lässt**.

https://bit.ly/3CoZ0Np

(84 Wörter)

Wörter mit s-Lauten: sp oder st

101. Der Storch

Als der **Storch** eines **späten** Morgens aus seinem Haus trat, **stolperte** er über einen **spitzen Stein** und brach sich ein Bein. Eine Katze, die gerade **spazieren** ging, half dem Storch und brachte ihn zu einem **Spezialisten**. Dieser gab dem Storch eine **Spritze** und verarztete sein Bein. Der Storch war danach gar nicht zu **Späßen** aufgelegt, obwohl der **Spatz** alles versuchte, um die **angespannte** Situation aufzulockern.

(67 Wörter)

102. Der sparsame Kasper

Es war einmal ein **Kaspar**, der sehr **sparsam** war. Stets **strengte** er sich an, nicht zu viel Geld auszugeben. Denn der Kaspar wollte sich einen ganz **speziellen** Wunsch erfüllen. Er wollte einmal mit einem **Sprungseil** von einer Brücke **springen**. Seine Freunde meinten, dass das nur ein blödes **Hirngespinst** von ihm sei, doch der Kaspar war fest entschlossen. Da kaufte er sich ein **starkes** Seil und erfüllte sich seinen Wunsch.

(72 Wörter)

103. Im Sportunterricht

Sport ist mein Lieblingsfach. Sehr viel **Spaß** machen mir die **Spiele**, bei denen man schnell rennen muss. Aber auch **Weitsprung** mag ich sehr gerne. Besonders gut finde ich jedoch, dass unsere Sportlehrerin überhaupt nicht **streng** ist. Sie unterrichtet uns auch in Geschichte und macht das immer auf sehr **spannende** Art und Weise. Statt **stumpf** die Jahreszahlen zu lernen, erklärt sie uns die Zusammenhänge und **stellt** viele Fragen, die zum Nachdenken anregen.

https://bit.ly/3lvkhyP

(73 Wörter)

104. Ein märchenhafter Geburtstag

Den **Geburtstag** seiner Tochter möchte der König gerne feiern. Er lädt nicht nur viele **Gäste** ein, sondern dekoriert auch das Schloss mit **strahlenden Sternen**. Seine Tochter trägt **stolz** ihr neues Kleid und freut sich über ihre Geschenke. Besonders gefällt ihr ein großer **Spiegel**, den sie von ihrer Mutter bekommen hat. Der Vater verrät ihr, dass der Spiegel sogar **sprechen** kann. Die Tochter ist **begeistert** und probiert es gleich aus. Was meinst du, welche Frage sie ihm **stellt**?

https://bit.ly/3ynUa0j

(80 Wörter)

105. Die neue Fremdsprache

Zum **Start** des neuen Schuljahres können wir eine neue **Fremdsprache** wählen. Meine Wahl fällt auf **Spanisch**, weil ich schon einmal dort im Urlaub war. Der **Strand** war traumhaft. Doch leider konnte ich nicht mit den Einheimischen **sprechen**, da ich die Sprache nicht beherrschte. Das soll sich jetzt ändern. Wenn ich das nächste Mal dorthin fahre, möchte ich gerne ganz viele **Spanier** kennenlernen.

https://bit.ly/3xmiO0f

(65 Wörter)

Doppelter oder einfacher Konsonant: t oder tt

106. Im Garten

Meine **Mutter** ist ständig im **Garten** beschäftigt. Wenn **Reparaturen** anfallen, kümmert sich darum mein Vater. Für alles andere ist meine Mutter zuständig. Sie kehrt die vielen **Blätter** zusammen oder gießt die Blumen. Auch ich mag den Garten sehr gerne zum **Herumtollen** mit meinen Geschwistern. Besonders oft **klettern** wir auf den **alten** Kirschbaum. Bei warmen Temperaturen setzen wir uns darunter, da seine großen Blätter viel **Schatten** spenden.

(68 Wörter)

107. Die Geschichte vom Lügenbaron

Münchhausen **hatte** ein tolles Erlebnis. Bei einem **Ausritt** wollte er mit seinem Pferd über einen Sumpf springen. Der Sumpf **entpuppte** sich jedoch als größer als angenommen. **Mitten** in der Luft musste er daher seinen Sprung abbrechen, um sich wieder ans Ufer zu **retten**. Beim zweiten Versuch versank Münchhausen bis zum Hals im **Morast**. Er wäre **rettungslos** verloren gewesen, **hätte** er sich nicht samt seines Pferdes am eigenen Haarzopf aus dem Sumpf gezogen.

(76 Wörter)

108. Am Sonntag

Am **Sonntag** schlafe ich immer lange. Meistens wache ich zwar früh auf, doch ich bleibe noch lange im **Bett**, um ein **interessantes** Buch zu lesen. Insbesondere im Winter kuschel ich mich gerne unter meine weiche **Bettwäsche** aus **Frottee**. Da kann es auch schon mal sein, dass ich erst zur **Mittagszeit** aufstehe. Unsere **Verwandten**, die sonntags oft zu uns zu Besuch kommen, finden mein Verhalten gar nicht **toll**.

https://bit.ly/3jlsToS

(69 Wörter)

109. Im Spätherbst

Im **Oktober** fallen besonders viele **Blätter** von den Bäumen, wenn ein **kräftiger** Wind die Bäume **durchschüttelt**. Dann **färbt** sich die **Landschaft** durch das viele Laub **bunt**. Doch auch viele wilde Pflanzen, die ganze Wände **hinaufklettern**, leuchten in einem **kräftigen Rot**. Die teilweise noch warmen Sonnenstrahlen verleihen der Stadt einen goldenen Schimmer. Ich mag den Spätherbst wegen seiner farbigen Leuchtkraft besonders gerne.

https://bit.ly/3ylo9Gc

(63 Wörter)

110. Die Kette meiner Mutter

Meine **Mutter** besitzt ganz schön viele **Halsketten**. Manchmal lässt sie mich sogar ihre Lieblingskette tragen. Aber nur, wenn ich vorher im Haushalt geholfen habe und **nett** war. Einmal ist mir die Kette jedoch **mitten** beim Spielen **kaputt** gegangen. Da war meine Mutter ganz schön traurig. Denn die Kette war ein Erbstück ihrer **Tante**, die sie **verdammt** lieb **hatte**.

(62 Wörter)

Wörter mit tz oder z

111. Die leuchtende Glatze

Die **Katze** lag auf der **Matratze** und schlief. Als sie **plötzlich** ein Summen hörte, wurde sie aufgeschreckt. Schnell sah sie, dass auf der leuchtenden Glatze ihres Herrchens eine **winzige** Fliege saß. Die Katze schlug mit ihrer **Tatze** gegen die Fliege. Die Fliege fiel hinunter und die Katze trug sie in ihrer **Schnauze** fort, um sie zu verspeisen.

(60 Wörter)

112. Beim Zahnarzt

Matz musste heute zum **Zahnarzt**. Seit ein paar Tagen quälten ihn schon schreckliche **Zahnschmerzen**. Da er Angst vorm Zahnarzt hatte, versprach ihm seine Mutter anschließend eine **schwarze Mütze** zu kaufen. Die Mütze hatte sich Matz schon lange gewünscht. Deswegen setzte er sie auch gleich voller **Stolz** auf. Anschließend gingen Matz und seine Mutter in die Apotheke, um eine **Medizin** gegen seine **Schmerzen** zu holen.

(66 Wörter)

113. Meine Freizeitbeschäftigung

In meiner **Freizeit** gehe ich gerne zum **Tanzen**. Da der Tanzunterricht immer gleich nach der Schule ist, muss ich manchmal ganz schön **hetzen**, um pünktlich zu sein. Vor dem Unterricht habe ich jedoch noch **kurz Zeit**, um etwas zu essen und mich auszuruhen. Die Tanzlehrerin reicht uns vor dem Unterricht immer leckere **Plätzchen** und kühle Getränke. Am liebsten mag ich den Eistee mit frischer **Zitrone**.

https://bit.ly/3jh1iW6

(65 Wörter)

114. Beim Tierarzt

Heute gehe ich mit meiner **Katze** zum **Tierarzt**. Ich muss sie impfen lassen. Da sie das gar nicht mag, muss ich aufpassen, dass sie mich nicht **kratzt**. Ihre **Tatzen** sind schon ausgefahren. Vor uns im **Behandlungszimmer** war ein Hund. Er sah aus wie eine **witzige** Mischung aus **Spitz** und Terrier. Ich mochte seine **schwarzen** Augen und seinen **kurzen**, flauschigen **Schwanz**. Der Hund beschnupperte mich mit seiner feuchten **Schnauze**.

https://bit.ly/3Cdn5qo

(70 Wörter)

115. Der witzige Traum

Letztens habe ich geträumt, dass ich auf einer Wolke über unseren **Marktplatz** schwebte. **Plötzlich** erblickte ich von dort oben ein **Zebra**, das direkt in unsere Schule **flitzte**. Ihnen hinterher kamen **zwei** Elefanten und mindestens **zwanzig** Pinguine. In unserem Klassenraum ging dann das Licht an und ich flog näher ans Fenster heran. Ich hörte **einzigartige** Musik und sah, wie die Tiere auf unseren Tischen **tanzten**. Als ich am nächsten Morgen aufwachte, konnte ich es nicht erwarten, zur Schule zu gehen.

(82 Wörter)

Wörter mit Doppelkonsonanten

116. Dinosaurier

Das Wort „Dinosaurier" **kommt** aus dem Griechischen und bedeutet „schreckliche Echse". Es **umfasst** eine Tiergruppe, die über viele **Millionen** Jahre das Leben auf der Erde **beherrschte**. **Wissenschaftler** fanden heraus, dass die Dinosaurier vor etwa 160 **Millionen** Jahren lebten, bevor sie **dann** **ausstarben**. Die meisten der Dinosaurier waren friedliche **Pflanzenfresser**. Es gab aber auch **schnelle** und gefährliche Dinosaurier, die scharfe **Krallen** und Zähne **hatten** und **Fleischfresser** waren. Alle Dinosaurier hatten eine **schuppige** Haut.

https://bit.ly/3rXDJWb

(72 Wörter)

117. Halloween

Hanna hat Angst vor **allem**. Sie **bekommt** schon Angst, **wenn** ihre Eltern sich zu laut unterhalten oder es draußen stürmt und **donnert**. Besonders aber fürchtet sich Hanna vor **Halloween**. Sie hat nicht nur **Schiss** vor den gruseligen **Kürbissen**, die man in diesen Tagen **überall** sieht. Auch beim Anblick der fürchterlichen Maskierungen würde sich Hanna gerne unter ihrer **Bettdecke** verstecken. Ihre **Freundinnen** **können** ihre Angst nicht verstehen.

https://bit.ly/3luDII2

(67 Wörter)

118. Überschwemmung

Durch den starken **Regenfall** war das **Wasser** des **Flusses** kräftig gestiegen. **Alle** hofften, **dass** es bald aufhören würde zu regnen, da das Wasser schon über das Ufer **floss**. Bald wird das Wasser auch zu uns **schwappen**, meinte mein Vater und sicherte unser Haus bereits mit Sandsäcken. Als plötzlich die **Sonne** hinter den Wolken hervortrat, waren wir alle erleichtert. Das **Wetter** änderte sich schlagartig und wir waren nochmal einem **Unwetter** entkommen.

(71 Wörter)

119. Der Unfall

Die **Mutter** von Marie **hatte** großen **Kummer**. Marie hatte sich beim Spielen mit dem **Hammer** verletzt. Den hatte der Vater vor lauter **Stress vergessen** wegzuräumen. Jetzt **jammerte** Marie laut. Die Mutter gab ihr einen **Löffel** Medizin und wickelte um ihren Finger einen großen **Wattebausch**. Nach einer **Schmerztablette** ging es Marie **schnell** wieder **besser**. So **schlimm** war das doch **alles** nicht.

(62 Wörter)

120. Hitzefrei

Bereits früh morgens war es so warm, **dass** der Unterricht im Pausenhof **stattfand.** Hier standen viele Bäume, die viel **Schatten** spendeten. Die Kinder machten es sich unter dem Baum auf der grünen Wiese gemütlich. Hier war es nicht so warm und die Kinder **konnten** sich **besser** konzentrieren. Da es aber um die **Mittagszeit** auch hier sehr warm wurde, durften **alle** nach Hause gehen. Kein Wunder, **dass** viele Kinder den **Sommer** einfach lieben.

(73 Wörter)

Fremdwörter

121. Im Zirkus

Am Wochenende waren wir im **Zirkus**. Besonders gut gefallen hat mir die **Show** des **Magiers**. Ich frage mich bis heute, wie er seine **Tricks realisieren** konnte. Mit einem **Spray** ließ er einfach Dinge verschwinden. Aber auch der **Clown** war sehr lustig. Mit seinen großen Schuhen stolperte er über jeden **Plunder**. **Faszinierend** waren hingegen die **exotischen** Tiere. Die konnten wir sogar nach der Vorstellung aus der Nähe bewundern.

https://bit.ly/2VCgAfQ

(69 Wörter)

122. Der Computer

Mein Vater arbeitet in einem **Büro**. Dort hat er viele **Kollegen**, die mit ihm im gleichen **Team** sind. Sie sind für die **Kommunikation** innerhalb und außerhalb der **Firma** zuständig. Zu ihren Aufgaben gehört das Schreiben und Lesen von **E-Mails**. Mein Vater kennt sich daher sehr gut mit **Computern** aus. Er hat sogar **Informatik** studiert und kann selbst die **kompliziertesten technischen Operationen** durchführen.

https://bit.ly/3fGrh8o

(64 Wörter)

123. Das Gymnasium

Nächstes Jahr wechselt meine große Schwester aufs **Gymnasium**. Sie hat sich für das Gymnasium außerhalb der Stadt entschieden, damit sie mit ihrer Freundin zusammenbleiben kann. Wenn sie nicht gerade zusammen sind, **telefonieren** sie die ganze Zeit miteinander. Am Wochenende gehen sie immer in die **Disco** und machen auch sonst alles zusammen. Sie können stundenlang über alle möglichen **Themen diskutieren**. Sie **interessieren** sich einfach für die gleichen Dinge und haben auch die gleichen **Hobbys**.

https://bit.ly/3rYkufj

(75 Wörter)

124. Das Picknick

Im regelmäßigem **Rhythmus** treffen wir uns mit unseren Freunden zum **Picknick** im Park. Jeder bringt etwas zu essen mit und jeder kann sich dann an diesem **Buffet** bedienen. Ich backe immer einen Kuchen nach einem **Rezept** aus dem **Internet**. Andere haben **Sandwiches** oder **Omeletts** vorbereitet. Wer nicht auf der Wiese liegen will, bringt sich einen **Campingstuhl** mit. Auf jeden Fall haben wir immer jede Menge **Fun**.

https://bit.ly/3fHjEP4

(68 Wörter)

125. Etwas aus dem Ärmel schütteln

Wusstest du, dass die Redensart: „etwas aus dem Ärmel schütteln" aus dem Mittelalter stammt? In dieser **Epoche** trugen die Menschen noch eine weite **Robe** oder ein **Gewand**. Ihre Kleidung, **speziell** die Ärmel, boten ihnen also viel Platz, um etwas darin zu verbergen. Wenn man also etwas brauchte, hatte man es **fix** zur Hand. Das war sehr **praktisch**. Heute bedeutet die Redensart, dass man etwas ganz leicht, also ohne Anstrengung hinbekommt.

https://bit.ly/3Aodxa2

(75 Wörter)

Groß- und Kleinschreibung

126. Vier Rätsel

https://bit.ly/2Vj6voj

1. **Erst** bin ich weiß wie **Schnee**, dann grün wie **Klee**, später rot wie **Blut**, so schmecke ich allen gut. (Lösung: Kirsche)
2. **Ich** bin weiß wie **Seide**, leicht wie eine **Feder** und feucht wie **Schaum**. (Lösung: Schneeflocke)
3. **Ich** trinke blaues **Bier** und laufe **Schlittschuh** über dein **Papier**. (Lösung: Füller)
4. **Von** vorne sehe ich aus wie eine **Gabel**. **Von** der **Seite** ähnle ich einem **Fass**. **Von** hinten sehe ich aus wie ein **Besen**. **Wer** bin ich? (Lösung: Kuh)

(82 Wörter)

127. Eva

https://bit.ly/2Vj6y3t

Ich heiße **Eva**. **Ich** bin zehn **Jahre** alt und besuche die 4. **Klasse** der **Grundschule** in **Berlin**. **In** der **Klasse** sitze ich neben meiner besten **Freundin Martina** und neben **Heike**. **Heike** ist meine **Nachbarin**. **Nachmittags** besuchen wir uns oft und spielen zusammen. **Wir** fahren auch jeden **Tag** zusammen zur **Schule**. **Auch Martina** und **Heike** sind **Freundinnen**. **Wir** treffen uns auch öfters zu dritt.

(64 Wörter)

128. Die Flaschenpost

Hallo lieber **Finder** dieser **Flaschenpost**, schön, dass du mich gefunden hast. **Ich** war letztes **Jahr** mit meinen **Eltern** am **Mittelmeer** und habe von hier aus die **Flaschenpost** ins offene **Wasser** geworfen. **Ich** wollte herausfinden, wie lange es dauert bis mich jemand findet. **Es** wäre nett, wenn du mir per **E-Mail** oder **Brief** kurz antwortest. **Meine Adresse** findest du am **Ende** dieses **Schreibens. Vielen Dank**!

(66 Wörter)

129. Der Theaterbesuch

Gestern Abend war ich mit meinen **Eltern** im **Theater. Ich** bin fasziniert von den **Schauspielern**, die fast mühelos jede **Rolle** übernehmen können. **Dafür** müssen sie den **Charakter** nicht nur gut studieren, sondern auch viele **Texte** auswendig lernen. **Meine Eltern** haben mir vorgeschlagen mich in die **Theater-AG** meiner Schule einzuschreiben. **Denn** auch ich möchte gerne einmal **Erfahrungen** im **Schauspielern** sammeln.

(61 Wörter)

130. Urlaub in den Bergen

Im Sommer fährt meine **Familie** immer in die **Berge**. **Wusstest** du, dass es wunderschöne **Bergregionen** auch innerhalb **Deutschlands** gibt? **Wir** wandern furchtbar gerne oder klettern auch schon einmal auf kleinere **Berge**. **Bergsteigen** ist mühsam und erfordert eine gute **Vorbereitung**. **Vor** allem das **Sichern** und **Abseilen** ist besonders wichtig. **Deswegen** steht uns auch immer ein erfahrener **Bergführer** zur **Seite**, der uns alles gut erklärt und zeigt.

(69 Wörter)

Kommasetzung

131. Im Freizeitpark

Im Freizeitpark haben nicht nur die Kleinen, Großen oder Erwachsenen jede Menge Spaß. Neben einer Wasserrutsche, einer Schiffschaukel, dem Autoscooter, der Achterbahn, dem Riesenrad und dem Karussell gibt es jede Menge weiterer Attraktionen. Außerdem gibt es verschiedene Vorführungen zu bestaunen: eine Westernshow, einen Zirkus oder das 3D-Kino. Wer Hunger hat, kann sich an einem der vielen Imbissstände den Bauch mit Pizza, einem Hot-Dog, Hamburger oder mit Süßigkeiten vollschlagen.

https://bit.ly/2WUptCl

(70 Wörter)

132. Weggegangen, Platz vergangen

Sabine liegt in der Sonne. Neben ihr sitzt ihre schlafende Katze, die sie Tiger nennt. Als es Sabine langweilig wird, holt sie sich ein Buch. Tiger wird von dem Geräusch wach, hebt den Kopf und springt mit einem Satz in den frei gewordenen Liegestuhl. Als Sabine zurückkommt sieht sie, dass Tiger seinen Kopf auf ihr weiches Kissen gelegt hat und behaglich schnurrt. Selbst als Tiger Sabine sieht, bleibt er ungerührt liegen und gibt seinen Platz nicht mehr auf.

https://bit.ly/3xq4rrA

(81 Wörter)

133. Der Wellensittich

Unser Nachbar hat einen Wellensittich, der Kuckuck heißt. Ich verstehe nicht ganz, warum man sich einen Wellensittich als Haustier anschafft. Hunde, Katzen, Hamster oder Kaninchen sind doch viel niedlicher. Einmal ist der Wellensittich zu uns geflogen, als unsere Haustür offenstand. Der Nachbar hatte gerade den Käfig gereinigt, wobei der Vogel entwischt war. Wir haben unserem Nachbarn geraten, einen Spiegel in den Käfig zu hängen, da der Wellensittich sich damit die Langeweile vertreibt und sich nicht so alleine fühlt.

https://bit.ly/37jq6XK

(80 Wörter)

134. Die Akrobaten im Zirkus

Als die Vorstellung aus war, gingen auch die Lichter aus, das Zirkuszelt lag im Dunkeln. Plötzlich fiel ein Lichtkegel auf das Trapez und ein Akrobat, der dachte alleine zu sein, erschien in der Mitte des Zirkuszeltes. Er kletterte wie ein Affe an der Trapezstange nach oben und schwang sich hin und her. Da erschien ein zweiter Akrobat, der dem ersten entgegenflog. Immer wieder flogen sie hin und her, mal zu zweit an der Stange, mal alleine, mal legten beide einen doppelten Salto hin, bei dem mir ganz schwindelig wurde.

https://bit.ly/37jNdBw

(92 Wörter)

135. Die Schildbürger

Die Schildbürger stammen aus Schilda, einem Ort aus Utopia. Hier schlug der Ochsenwirt, ein besonders kluger Mann, vor, das Gras und die Kräuter, die auf der Stadtmauer wuchsen, besser zu verwerten. Der Schreiner meinte, dass die Kühe dort hinaufklettern sollten, um das Gras zu fressen. Am nächsten Tag wurde Minna, die Kuh des Bürgermeisters, geholt. Minna weigerte sich, auf die Mauer zu gehen. Die Schildbürger banden der Kuh einen Strick um den Hals, um das Tier auf die Mauer zu ziehen. Doch Minna wollte das Gras einfach nicht fressen. Nach einiger Zeit verstarb sie.

https://bit.ly/3rRyiIh

(96 Wörter)

Ähnlich klingende Laute: e oder ä

136. Jährlich nach Schweden

Mein großer Bruder **fährt jährlich** nach **Schweden**. **Zunächst** fährt er bis zur Ostsee und **setzt** dann mit der **Fähre** nach Schweden über. Besonders bei **kräftigen Wellen** wird ihm oft **schlecht**. Doch wenn er erst einmal das **Festland** erreicht hat, weiß er, dass sich die Reise gelohnt hat. Es **lebt** sich hier **nämlich** einfach traumhaft, meint er.

(59 Wörter)

137. In der Werkstatt

Die **Handwerker** in einer **Werkstatt** sind sehr geschickt mit ihren **Händen**. Sie **kennen** sich gut mit **Nägeln**, einem Bohrer oder einer **Säge** aus. Zu ihrer eigenen Sicherheit dürfen sie in der Werkstatt nicht rauchen, da hier **gefährliche** Stoffe lagern. Sie tragen auch immer einen **Helm**. **Während** es im Sommer in der Werkstatt **unerträglich** heiß ist, muss der Ort im **Herbst** mit einem Ofen gewärmt werden.

(68 Wörter)

138. Herbst

Im **Herbst** wird das **Wetter** langsam kühler. Die **Wärme** des Sommers wird durch **Regen** und Wind vertrieben. Oft sieht man jetzt auch am Himmel dunkle Wolken, die für **kräftige** Regenschauer sorgen. Auch die **Blätter** an den Bäumen **verfärben** sich und leuchten jetzt in **kräftigen** Farben. Um nicht zu frieren, musst du dir nun warme Sachen anziehen.

(57 Wörter)

139. Die Lämmer

Sicher weißt du, dass **Lämmer** kleine Schafe sind. Einige Bauern halten diese Tiere neben **Hähnen, Gänsen** oder **Enten**. Sie **werden** abends und auch in der kalten Jahreszeit in **Ställen** untergebracht. Besonders im **Herbst verändert** sich dann das **Leben** auf dem Bauernhof. Getreide wird **geerntet**, das roh noch nicht **gegessen** werden kann. Erst muss es zu **Mehl** gemahlen werden.

(60 Wörter)

140. Das kalte Getränk

Insbesondere im Sommer, kurz vorm Schlafengehen, trinke ich **gerne** ein kaltes **Getränk**. Es erfrischt mich von innen und **lässt** mich leichter einschlafen. Als kleines Baby konnte ich nie ohne meinen **Teddy** schlafen. Jetzt kann ich mir das gar nicht mehr vorstellen. Wie sich doch die Angewohnheiten mit der Zeit **ändern**. Mal **sehen**, was ich mir noch an- oder **abgewöhne**.

https://bit.ly/2TSb9sP

(63 Wörter)

Umlaute

141. Das Hündchen

Als mein Bruder die **Haustür öffnet**, ist es schon **spät**. Doch er hatte ein Kratzen **gehört** und findet jetzt ein **Hündchen** vor der Tür. Schnell **lässt** er den kleinen Hund herein, denn draußen regnet es. Aufgeregt ruft er dann nach meinen Eltern. Doch die haben schon das Bellen gehört und wundern sich. Als sie den Hund sehen, werden sie gar nicht **böse**. Stattdessen holt meine Mutter eine **Schüssel** und gibt dem Hündchen etwas zu fressen.

https://bit.ly/3lpR9Ji

(77 Wörter)

142. Die Märchen

Bestimmt kennst du auch viele **Märchen**. Sie handeln meistens von Feen, Hexen, Magiern oder vom Guten und **Bösen**. Oft kommen in den Märchen auch **Gärten** vor, in denen vereinsamte **Häuser** stehen. Eines davon ist das Hexenhaus, in dem **Hänsel** und Gretel wohnten. Aber auch **Dornröschen** schlief in ihrem Schloss, dass von einem Dornengarten umgeben war. Nicht zu vergessen ist auch **Rotkäppchen**, die ihre Oma im Wald besuchen ging.

https://bit.ly/3xfRZe0

(70 Wörter)

143. Der Geschichtenerzähler

Timo **hört** nicht nur gerne Geschichten, er schreibt auch gerne selbst mal welche. Dazu hat er sich extra ein **schönes Büchlein** und einen neuen **Füller** angeschafft. Mit sauberer Druckschrift schreibt er darin alles auf, was ihm so **einfällt**. Am **nächsten** Tag liest er dann die Geschichte seinen besten Freunden vor. Sie meinen, dass er ein echtes Talent zum **Geschichtenerzähler** hat.

(62 Wörter)

144. Beim Frühstück

Ich bin ein **Frühaufsteher**. Da meine Familie am Sonntag immer lange **schläft**, bereite ich das **Frühstück** für alle vor. Besonders gerne **mögen** meine Eltern meinen frisch **gebrühten** Kaffee. Den bringe ich ihnen immer ans Bett. Dann werden sie ganz schnell wach und sind gut **gerüstet** für den Tag. Denn sonntags unternehmen wir immer **Tagesausflüge** mit der ganzen Familie.

(60 Wörter)

145. Eine treue Freundin

Maya ist meine beste und treuste Freundin. Ich kenne sie schon ewig. Auch unsere **Mütter** sind gut befreundet. Das liegt daran, dass wir uns fast **täglich** treffen. Unsere Mütter bleiben dann auch kurz zusammen zu einem **Kaffeekränzchen**. Sie scheinen sich immer viel zu **erzählen** zu haben. Aber der Schein kann **natürlich** auch **täuschen**.

https://bit.ly/3CekhZS

(56 Wörter)

Ähnlich klingende Laute: -ig oder -lich

146. Endlich wieder spielen

Seit einer Woche regnet es nun schon **ständig**. Die Kinder wurden immer **trauriger**, dass sie nicht draußen spielen konnten. Als es **plötzlich** aufhörte, rannten die Kinder **freudig** vor die Haustür. Dass es noch ein bisschen **windig** war, war den Kindern ganz egal. **Schließlich** hatte die Wetterfee für die kommenden Tage wieder **herrliches** Wetter vorausgesagt.

(56 Wörter)

147. Abenteuerlicher Weg

Tom war immer schon ein **abenteuerlustiger** Junge. Hatten **gewöhnliche** Kinder Angst vor **gefährlichen** Wegen, konnte es Tom gar nicht **steinig** und **glitschig** genug sein. Einmal war er jedoch zu **leichtsinnig**. Einmal oben angekommen, rannte Tom den **schwierigen** Weg wieder hinunter und rutschte dabei aus. Gott sei Dank hatte er sich jedoch nichts dabei getan und stand kurz darauf wieder **fröhlich** auf.

(63 Wörter)

148. Vergnügliches Beisammensein (1)

Von den Römern stammt ein **vergnügliches** Spiel. Zwar hat es **unzählige** Namen, doch wie es sich nennt, ist gar nicht so **wichtig**. Um es zu spielen, musst du auf den Boden ein **längliches rechteckiges** Spielfeld zeichnen. Dieses wird **gleichmäßig** in elf Felder eingeteilt, wobei unten die Erde, oben der Himmel und **mittig** ein Feld mit der Hölle liegt.

(60 Wörter)

149. Vergnügliches Beisammensein (2)

Derjenige, der anfängt, wirft einen **beliebigen** kleinen Stein in das Feld der Erde. Auf einem Bein hüpft er hinterher und versucht dabei **gleichzeitig**, mit dem Fuß den Stein in das nächste Feld zu kicken. Auf diese Weise muss er **zügig** von Feld zu Feld hüpfen, bis sein Stein **endlich** oben im Himmel gelandet ist. Der Spieler muss stets darauf achten, dass weder er selbst noch sein Stein die Hölle berühren oder den Rand eines Feldes übertreten.

(79 Wörter)

150. Endlich fertig

Welches Kind hat nicht die Ferien **eindeutig** am liebsten? Besonders im Sommer, wenn es **sonnig** ist, sind die Menschen meist **freundlich** gestimmt. Da fällt es schwer, nicht selbst **fröhlich** zu sein. Warum ist bloß nicht das ganze Jahr über Sommer? **Täglicher** Sonnenschein würde bestimmt keinem schaden. Da das nicht der Realität entspricht, müssen die Kinder **jährlich sehnsüchtig** auf den Sommer warten.

https://bit.ly/2X74Kv2

(63 Wörter)

1. Auflage

ISBN: 9798452670926

Der Autor wird vertreten durch:
Pascal Schulze
Borkumstraße 4
13189 Berlin
merriwell-design@outlook.de

Printed in Poland
by Amazon Fulfillment
Poland Sp. z o.o., Wrocław

80022754R00060